DANT

有其固定的量。
哭起来，
有人停住了哭。
样。

Beckett 1906.4—1989.12）

O T

海报为江苏文艺出版社于2022年8月再版的《等待戈多》中文版随书附赠。插画、设计 文俊|1204设计工作室（北京）

ATTE

Renée

GO

赛尔乔·乔克特（S…

世界上的暗淡星
某个被遗忘
的一种方式获救
老师

— EX·LIBRIS —

EN ATTENDANT GODOT

(1906.4—1989.12)

—— 你在干什么?

—— 我在等待戈多。

—— 他什么时候来?

—— 我不知道。

EN ATTENDANT GODOT
by Samuel Beckett

EN

by SAMUEL BECKETT

ATTENDANT

等待戈多

〔爱尔兰〕萨缪尔·贝克特 著　余中先 译

GODOT

图书在版编目（CIP）数据

等待戈多 /（爱尔兰）萨缪尔·贝克特
(Samuel Beckett)著；余中先译. -- 长沙：湖南文艺
出版社，2022.8（2025.4重印）
ISBN 978-7-5726-0582-6

Ⅰ.①等… Ⅱ.①萨… ②余… Ⅲ.①话剧—剧本—爱尔兰—现代 Ⅳ.①I565.35

中国版本图书馆CIP数据核字（2022）第033791号

等待戈多
DENGDAI GEDUO

作　　者：	[爱尔兰] 萨缪尔·贝克特
译　　者：	余中先
出 版 人：	陈新文
责任编辑：	冯　博　张　璐
装帧设计、插画：	文俊　1204设计工作室（北京）
内文排版：	刘晓霞
出版发行：	湖南文艺出版社

（长沙市雨花区东二环一段508号　邮编：410014）

印　　刷：	长沙超峰印刷有限公司
开　　本：	710 mm×1000 mm　1/32
印　　张：	5.5
字　　数：	91千字
版　　次：	2022年8月第1版
印　　次：	2025年4月第6次印刷
书　　号：	ISBN 978-7-5726-0582-6
定　　价：	49.80元

（如有印装质量问题，请直接与本社出版科联系调换）

SAMUEL BECKETT
EN ATTENDANT GODOT
———

Copyright ⓒ 1971 by Les editions de Minuit

Simplified Chinese edition copyright ⓒ 2022 by Hunan Literature and Art Publishing House Co., Ltd.
All rights reserved.

根据午夜出版社1971年法文版翻译

并获中文版出版授权

著作权合同图字：18-2021-291

目录

第一幕　　001

第二幕　　089

《等待戈多》于 1953 年 1 月 5 日在巴黎的巴比伦剧院首演,由罗歇·布兰导演,出场的演员如下:

爱斯特拉贡 ················ 皮埃尔·拉图尔
弗拉第米尔 ················ 吕西安·兰堡
幸运儿 ···················· 让·马丁
波卓 ······················ 罗歇·布兰
一个小男孩 ················ 塞尔日·勒库安特

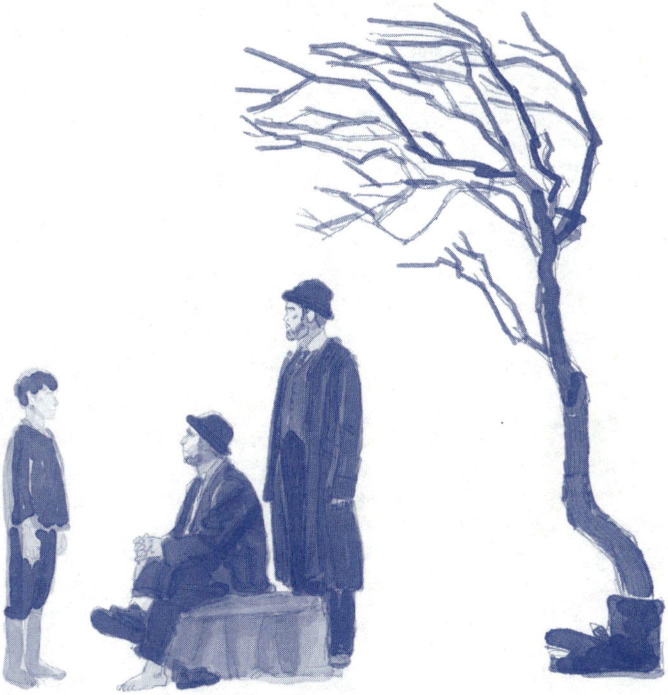

第一幕

EN ATTENDANT GODOT
by Samuel Beckett

乡间一条路，有一棵树。

傍晚。

爱斯特拉贡坐在一块石头上，想脱下鞋子。他用两只手使劲地拽，累得直喘气。他筋疲力尽地停下来，一边喘气，一边休息，随后又开始脱鞋。同样的动作。

弗拉第米尔上场。

爱斯特拉贡 （又一次放弃）真拿它没办法。
弗拉第米尔 （叉开着两腿，迈着僵硬的小步，走近）我开始相信了。（他停住不动）我一直怀疑这种想法，我心里说，弗拉第米尔，你要理智一些，你还没把一切都试过呢。于是，我就继续奋斗。（他沉思，梦想他的奋斗。对爱斯特拉贡）嗨，我说你呢，你又来啦。

爱斯特拉贡 你以为呢？

弗拉第米尔 我很高兴又见到你了。我还以为你一去就不再回来了呢。

爱斯特拉贡 我也一样。

弗拉第米尔 为了庆贺一下这次相聚，做点什么好呢？（他思索）站起来，让我拥抱一下你吧。

他把手伸给爱斯特拉贡。

爱斯特拉贡 （有些恼怒地）过一会儿，过一会儿。

沉默。

弗拉第米尔 （觉得被冒犯了，冷冷地）我可不可以知道，先生是在什么地方过的夜呢？

爱斯特拉贡 在一条沟里。

弗拉第米尔 （十分惊诧）一条沟里！在哪里？

爱斯特拉贡 （并没有做什么手势）那边。

弗拉第米尔 他们没有揍你吗？

爱斯特拉贡 当然揍了……不过不太厉害。

弗拉第米尔 还是那帮人吗？

爱斯特拉贡 还是不是那帮人？我不知道。

沉默。

弗拉第米尔 我只要回想起……从那之后……我就在心里问自己……要不是有我的话……你已经变成了什么样……（果断地）眼下，你恐怕早就成了一小堆白骨，一点儿不会有错。

爱斯特拉贡 （被击中要害）那后来呢？

弗拉第米尔 （丧气）对单独一个人，这实在有些过分。（略顿。兴高采烈地）从另一方面来说，现在泄气又有什么用，我就是这样对自己说的。老早老早地就应该想到了，早在1900年前后。

爱斯特拉贡 够了。快帮我把这见鬼的玩意儿给脱了。

弗拉第米尔 咱们还不如手拉手从埃菲尔铁塔上跳下来呢，当第一批跳塔的人。那样的话，咱们还算很体面。可现在，为时已经太晚了。他们甚至都不会允许咱们爬上去。（爱斯特拉贡使劲地拽他的鞋）你在干吗呢？

爱斯特拉贡 我在脱我的鞋。你，你难道从来就没有脱过鞋？

弗拉第米尔 我早就对你说过，鞋子是要每天都脱的。你本该好好地听我的话的。

爱斯特拉贡 （微弱地）帮帮我吧！

弗拉第米尔 你脚疼吗？

爱斯特拉贡 脚疼！他在问我是不是脚疼！

弗拉第米尔 （有些激动地）好像这世界上只有你才脚疼似的！我难道就不算是个人吗？我倒要看一看，你要是受了我的那些苦，你还能怎么着。你可能会告诉我一些新鲜事。

爱斯特拉贡 你也脚疼过？

弗拉第米尔 脚疼！他在问我是不是脚疼过！

爱斯特拉贡 （伸出食指）这可不是一个理由，让你可以不扣扣子。

弗拉第米尔 （弯腰看）真的没扣啊。（他扣扣子）生活小事不可随随便便。

爱斯特拉贡 你要我对你说些什么呢？你总是要等到最后一刻。

弗拉第米尔 （若有所思地）最后一刻……（他沉思）那很长久，但是，那将很美好。这话是谁说的呢？

爱斯特拉贡 你不愿意帮我吗？

弗拉第米尔 有时候，我在心里说，那还是会来的。这时候，我就觉得自己很滑稽。(他摘下自己的帽子,瞧了瞧里头,伸手进去摸了一圈,摇了摇,又把它戴在头上)怎么说呢?轻松,但同时又……(他搜索枯肠地找着字词)畏惧。(有些夸张地)畏——惧。(他又摘下帽子,瞧了瞧里头)这是怎么说的呢!(他拍打着帽子,仿佛要从里面抖落出什么东西来,又瞧了瞧里头,把帽子重新戴在头上)最终……(爱斯特拉贡使尽了吃奶的力气,终于脱下了一只鞋子。他瞧了瞧里头,伸手进去摸了一圈,把它倒过来,摇了摇,往地上瞧了瞧,看看是不是有什么东西从鞋子里落下来,结果什么都没发现,便又把手伸到鞋子里,两眼茫然无神)怎么回事?

爱斯特拉贡　什么都没有。

弗拉第米尔　让我看看。

爱斯特拉贡　没什么好看的。

弗拉第米尔　试试再把它穿上。

爱斯特拉贡　(仔细察看着自己的脚)我要让它稍稍再透透气。

弗拉第米尔　瞧瞧,好一个家伙,自己的脚有问题,反倒怪起鞋子来啦。（他又一次摘下帽子，瞧了瞧里头，伸手进去摸了摸，摇了摇，又拍了拍，往里吹了吹，又把帽子戴上）这变得让人担心起来。（沉默。爱斯特拉贡晃动着他的脚，让脚指头分叉开来，好让空气更好地从中流动）窃贼中有一个得救了。（略顿）这是个合理的百分比。（略顿）戈戈……

爱斯特拉贡 什么？

弗拉第米尔 咱们是不是要忏悔一下？

爱斯特拉贡 忏悔什么？

弗拉第米尔 这个嘛……（他寻找着合适的字词）咱们用不着说得很细。

爱斯特拉贡 说说身世？

弗拉第米尔突然开怀大笑起来，但立即就止住了笑，他把手放在阴部上，脸部肌肉有些痉挛。

弗拉第米尔 甚至连笑都不敢笑了。

爱斯特拉贡 你说到了一种剥夺。

弗拉第米尔 只能微笑。（他的嘴角一咧，荡漾出一种夸张的微笑，凝止住，持续了好一会儿，然后突然消失）这可不是一码事。不过……（略顿）戈戈……

爱斯特拉贡 （恼火地）怎么啦？

弗拉第米尔 你读过《圣经》吗？

爱斯特拉贡 《圣经》……（他思索）我应该瞧过那么一两眼。

弗拉第米尔 （惊讶地）在没有上帝的学校里？

爱斯特拉贡 我不知道它是有上帝还是没有上帝。

弗拉第米尔 你一定是跟芝麻莱[①]弄混淆了。

爱斯特拉贡 很可能。我还记得圣地的地图。彩色的。很漂亮。死海是浅蓝色的。光是两眼直直地瞧着它，我就已经口渴了。我心里说，那里正是我们要去度蜜月的地方。我们要去游泳。我们将很幸福。

弗拉第米尔 你本来应该是个诗人。

爱斯特拉贡 我本来就曾是个诗人。（手指着他的破烂衣服）这还看不出来吗？

沉默。

弗拉第米尔 我刚才说什么来着……你的脚怎么样啦？

---

① 芝麻莱是法国一个监狱的名字。

爱斯特拉贡 它肿了。

弗拉第米尔 哦,对了,我想起来了,那个盗贼的故事。你还记得吗?

爱斯特拉贡 不记得了。

弗拉第米尔 要不要我给你讲一讲?

爱斯特拉贡 不要。

弗拉第米尔 这样可以消磨时光。(略顿)那是两个盗贼,跟救世主同时被钉上了十字架。他们……

爱斯特拉贡 什么?

弗拉第米尔 救世主。两个盗贼。他们说,其中一个得救了,而另一个……(他寻找着"得救"的反义词)……受到了惩罚。

爱斯特拉贡 从什么地方得救?

弗拉第米尔 从地狱中。

爱斯特拉贡 我走啦。

他并没有动。

弗拉第米尔 然而……(略顿)这是怎么回事……我希望我这么说没有让你厌烦,你没有厌烦吧?

爱斯特拉贡 我没在听。

弗拉第米尔 这是怎么回事,在四大福音书作者中,只有一个谈到了这些事？他们四个人当时可都是在那里的——总之，离那里不太远。而只有一个人谈到了一个盗贼得救。（略顿）喂，我说，戈戈，你总得时不时地答应我一声吧。

爱斯特拉贡 我听着呢。

弗拉第米尔 四个里头只有一个。至于其他三个，有两个根本就没有谈到，第三个说，他们那两个盗贼都痛骂了他。

爱斯特拉贡 谁？

弗拉第米尔 什么谁？

爱斯特拉贡 我什么都没弄明白……（略顿）痛骂了谁？

弗拉第米尔 救世主。

爱斯特拉贡 为什么？

弗拉第米尔 因为他不肯救他们。

爱斯特拉贡 救他们出地狱？

弗拉第米尔 哦不，瞧瞧！救他们的性命。

爱斯特拉贡 这又怎么着？

弗拉第米尔 怎么着，他们两个都要受到惩罚。

爱斯特拉贡 这之后呢？

弗拉第米尔 但另一个说，他们中有一个人得救了。

爱斯特拉贡 是吗?他们没有达成一致,这就是关键所在。

弗拉第米尔 他们四个人可都是在那里的。只有一个人谈到一个盗贼得救了。为什么单单相信他,而不相信别的人呢?

爱斯特拉贡 谁相信他了?

弗拉第米尔 所有人呀。人们只知道这一说法。

爱斯特拉贡 人们都是傻瓜蛋。

他艰难地站起来,一瘸一拐地走向左侧的边幕,停住,一只手搭在眼睛上,望着远方,转身,走向右侧的边幕,望着远方。弗拉第米尔目随着他,然后,捡起鞋子,瞧了瞧里头,又急忙松手。

弗拉第米尔 呸!(他朝地上吐了口唾沫)

爱斯特拉贡走回到舞台中央,瞧着舞台深处。

爱斯特拉贡 美妙的地方。(他转身,一直走到脚灯前,望着观众的方向)令人赏心悦目的景色。(他转身朝向弗拉第米尔)咱们走吧。

弗拉第米尔 咱们不能走。

爱斯特拉贡 为什么?

弗拉第米尔 我们在等待戈多。

爱斯特拉贡 这倒是真的。(略顿)你能肯定是在这里吗?

弗拉第米尔 什么?

爱斯特拉贡 必须等待。

弗拉第米尔 他说在树前。(他们打量着那棵树)你还能看到别的树吗?

爱斯特拉贡 这是什么树?

弗拉第米尔 看样子是一棵柳树。

爱斯特拉贡 那树叶在哪里呢?

弗拉第米尔 它可能枯死了。

爱斯特拉贡 浆液都没有了。

弗拉第米尔 兴许还不到季节。

爱斯特拉贡 它看上去更像是一种灌木。

弗拉第米尔 一种小灌木。

爱斯特拉贡 一种灌木。

弗拉第米尔 一种——(改口)你想表达什么意思?咱们是不是弄错了地方?

爱斯特拉贡 他应该在这里。

弗拉第米尔 他并没有说死了他要来。

爱斯特拉贡 假如他不来呢?

弗拉第米尔 那咱们明天再来。

爱斯特拉贡　然后后天再来。

弗拉第米尔　兴许吧。

爱斯特拉贡　以此类推。

弗拉第米尔　这就是说……

爱斯特拉贡　直到他来了为止。

弗拉第米尔　你真是毫不留情。

爱斯特拉贡　咱们昨天已经来过了。

弗拉第米尔　哦不,这你可就弄错了。

爱斯特拉贡　那咱们昨天干什么来了呢?

弗拉第米尔　咱们昨天干什么来了吗?

爱斯特拉贡　是啊。

弗拉第米尔　我的天……(愤怒地)要说扔下疑问,那还数你厉害。

爱斯特拉贡　要我说,咱们来过这里。

弗拉第米尔　(环顾四周)你觉得这地方熟悉吗?

爱斯特拉贡　我没这么说。

弗拉第米尔　那么?

爱斯特拉贡　这又没什么关系。

弗拉第米尔　尽管如此……这棵树……(转身朝向观众)……这一片泥炭沼。

爱斯特拉贡　你敢肯定是今天傍晚吗？

弗拉第米尔　什么？

爱斯特拉贡　应该在今天等待吗？

弗拉第米尔　他是说星期六。（略顿）我觉得。

爱斯特拉贡　在干完活儿后。

弗拉第米尔　我一定记下来了。

他在自己的衣兜里摸索一阵，摸出各种各样的破玩意儿。

爱斯特拉贡　但是，哪个星期六呢？今天是星期六吗？难道今天不可能是星期日吗？或者是星期一？或者是星期五？

弗拉第米尔　（有些畏惧地环顾四周，就仿佛在景色中铭刻着今天是星期几似的）这不可能。

爱斯特拉贡　或者是星期四。

弗拉第米尔　那怎么办呢？

爱斯特拉贡　假如昨天晚上他白白地空走了一趟，却什么都没见到，那么，你以为他今天就不会来了吗？

弗拉第米尔　但是，你说了，我们昨天晚上来过了。

爱斯特拉贡　我可能弄错了。（略顿）咱们都别再说了，行不行啊？

弗拉第米尔　（微弱地）行啊。（爱斯特拉贡重又坐下。弗拉第米尔激动地来回踱步，时不时地停下来，眺望着远处。爱斯特拉贡睡着了。弗拉第米尔在爱斯特拉贡面前停住步子）戈戈……（沉默）戈戈……（沉默）戈戈！

爱斯特拉贡惊醒过来。

爱斯特拉贡　（惊恐地意识到自己的处境）我睡着了。（责备地）你为什么总是不肯让我睡觉呢？

弗拉第米尔　我觉得很孤单。

爱斯特拉贡　我做了一个梦。

弗拉第米尔　别跟我讲你的梦！

爱斯特拉贡　我梦见……

弗拉第米尔　别跟我讲你的梦！

爱斯特拉贡　（朝整个世界做了一个手势）有了这一个，你就满足啦？（沉默）你可真不够意思，迪迪。除了向你，你还要我向谁去诉说我个人的那些噩梦？

弗拉第米尔　就让它们留在你一个人的头脑中好了。你很清楚，我可受不了这个。

爱斯特拉贡　（冷冷地）有些时候，我也在问我自己，咱们还是分手的好。

弗拉第米尔 你是走不远的。

爱斯特拉贡 确实,这里头就有一种很严重的缺陷。(略顿)不是吗,迪迪,这里头有一种很严重的缺陷?(略顿)尤其当路途的景色那么优美时。(略顿)旅行者又是那么的善良。(略顿。温存地)不是吗,迪迪?

弗拉第米尔 冷静一些。

爱斯特拉贡 (淫荡地)冷静……冷静……(如在梦中似的)英国人说要冷静,那是一些冷静的人。(略顿)你知道英国人在窑子里的故事吗?

弗拉第米尔 知道。

爱斯特拉贡 讲给我听听。

弗拉第米尔 够了,别说了。

爱斯特拉贡 一个英国人喝醉了酒,来到了窑子里。老鸨问他,他是喜欢一个金发姑娘,一个褐发姑娘,还是一个棕发姑娘。你来继续讲吧。

弗拉第米尔 够了,别说了。

弗拉第米尔下场。爱斯特拉贡站起来,一直跟着他走到舞台尽头。爱斯特拉贡的哑剧动作,

就像一个拳击手努力要从观众那里赢得喝彩的动作那样。弗拉第米尔上场，低着脑袋，从爱斯特拉贡面前走过，穿过舞台。爱斯特拉贡朝他走了几步，停住。

爱斯特拉贡 （温柔地）你要跟我说话吗？（弗拉第米尔不回答。爱斯特拉贡向前走了一步）你有什么话要对我说吗？（沉默。又向前迈了一步）你说，迪迪……

弗拉第米尔 （并非转过身来）我没什么要对你说的。

爱斯特拉贡 （向前迈了一步）你生气啦？（沉默。又向前迈了一步）对不起！（沉默。又向前迈了一步。他碰了碰他的肩膀）你瞧，迪迪。（沉默）把你的手给我。（弗拉第米尔转过身来）拥抱我！（弗拉第米尔身子发僵了）放松点，别那么紧张！（弗拉第米尔身子软了下来。他们彼此拥抱。爱斯特拉贡后退）你满口的臭大蒜味！

弗拉第米尔 它对腰很有好处。（沉默。爱斯特拉贡很认真地瞧着那棵树）咱们现在做什么呢？

爱斯特拉贡 咱们等待。

弗拉第米尔 是的，可是等待的时候做什么呢？

爱斯特拉贡 咱们上吊怎么样?

弗拉第米尔 那可以算是一种拉紧的方法。①

爱斯特拉贡 (被挑逗起来)咱们拉紧一下怎么样?

弗拉第米尔 还有随之而来的一切。它落下的地方,就会长出曼德拉草来。正因为如此,当人们要拔它们时,它们会发出叫声。你不知道这些吗?

爱斯特拉贡 那咱们赶紧上吊吧。

弗拉第米尔 在一根树枝上吗?(他们走近那棵树,仔细打量它)我对它不怎么有信心。

爱斯特拉贡 咱们总可以试一试吧。

弗拉第米尔 那就试试吧。

爱斯特拉贡 你先来。

弗拉第米尔 哦不,应该你先来。

爱斯特拉贡 为什么?

弗拉第米尔 你的分量要比我轻嘛。

爱斯特拉贡 正因为这样,才应该你先来嘛。

弗拉第米尔 我不明白。

---

① 这里有文字游戏,在法语中,"上吊"(se pendre)和"拉紧"(bander)词形和读音都相似。另外,bander一词在俚语中也有"勃起"的意思,接下来的一段对话中,bander一词都含有这双重的意思。

爱斯特拉贡　　用你的脑子好好想一想,行吗?

弗拉第米尔动脑子想。

弗拉第米尔　　(最终)我还是不明白。

爱斯特拉贡　　我来给你解释吧。(他动脑子想)树枝……树枝……(有些愤怒)可是,你倒是努力地去弄明白呀!

弗拉第米尔　　我唯一的希望就寄托在你身上了。

爱斯特拉贡　　(努力地)戈戈轻——树枝不断——戈戈死掉。迪迪重——树枝断——只有迪迪了。(略顿)可这时候……(他寻找正确的表达法)

弗拉第米尔　　我没有想到这一点。

爱斯特拉贡　　(终于发现)谁最有能耐,就最没有能耐。

弗拉第米尔　　但是,我的分量真的比你重吗?

爱斯特拉贡　　是你自己说的。我嘛,我对此一无所知。反正是一半对一半的机会。或者,差不多一半对一半吧。

弗拉第米尔　　那么,做什么呢?

爱斯特拉贡　　咱们什么都不做。那样更稳妥。

弗拉第米尔　　咱们还是等一等,看看他会对咱们说什么。

爱斯特拉贡　　谁?

弗拉第米尔　戈多。

爱斯特拉贡　好的。

弗拉第米尔　咱们还是先打定主意再说。

爱斯特拉贡　从另一方面说，打铁最好还是要趁热。

弗拉第米尔　我倒很想知道，他究竟会对咱们说什么。反正咱们还什么都没承诺呢。

爱斯特拉贡　咱们到底要他做什么？

弗拉第米尔　你当时不在场吗？

爱斯特拉贡　我并没有太注意。

弗拉第米尔　这个嘛……没什么太明确的。

爱斯特拉贡　某种祈祷。

弗拉第米尔　正是。

爱斯特拉贡　一种模模糊糊的祈求。

弗拉第米尔　假如你愿意这样说的话。

爱斯特拉贡　他怎么回答的呢？

弗拉第米尔　他说他走着瞧。

爱斯特拉贡　他什么都不能答应。

弗拉第米尔　他必须好好地想一想。

爱斯特拉贡　静下脑子来。

弗拉第米尔　问问他的家人。

爱斯特拉贡 他的朋友。

弗拉第米尔 他的代理人。

爱斯特拉贡 他的通信者。

弗拉第米尔 他的登记本。

爱斯特拉贡 他的银行账户。

弗拉第米尔 然后才能表态。

爱斯特拉贡 这很正常。

弗拉第米尔 不是吗?

爱斯特拉贡 看来是这样的。

弗拉第米尔 在我看来也是这样的。

稍歇。

爱斯特拉贡 (焦虑地)那么咱们呢?

弗拉第米尔 你说什么呢?

爱斯特拉贡 我说,那么咱们呢?

弗拉第米尔 我不明白。

爱斯特拉贡 咱们在这里头扮演什么角色?

弗拉第米尔 咱们的角色?

爱斯特拉贡 你说得慢一些。

弗拉第米尔 咱们的角色?恳求者的角色。

爱斯特拉贡 到了如此的地步?

弗拉第米尔　先生是不是有什么特别的要求?

爱斯特拉贡　咱们不再有权利了吗?

> 弗拉第米尔大笑,然后又跟先前那样突然止住笑。同样的把戏,只是少了微笑。

弗拉第米尔　你真让我忍不住发笑,假如我能被允许笑的话。

爱斯特拉贡　咱们的权利,咱们已经失去了吗?

弗拉第米尔　(清清楚楚地)咱们已经匆匆地把它们放弃了。

> 沉默。他们待在那里,耷拉着脑袋,摇晃着胳膊,弯曲着膝盖。

爱斯特拉贡　(微弱地)咱们没有拴在一起吗?(略顿)嗯?

弗拉第米尔　(举起一只手)听!

> 他们听,很滑稽地纹丝不动。

爱斯特拉贡　我什么都没听到。

弗拉第米尔　嘘!(他们一起听,爱斯特拉贡的身体失去了平衡,差点儿摔倒。他一把抓住弗拉第米尔的胳膊,把他拉得摇摇晃晃。他们身子贴着身子,眼睛对着眼睛细听)我也没听到。

> 轻松地叹息。如释重负。他们彼此分开了一些距离。

爱斯特拉贡　你吓了我一大跳。

弗拉第米尔　我还以为是他来了呢。

爱斯特拉贡　谁？

弗拉第米尔　戈多。

爱斯特拉贡　得了吧，那是风儿吹动了芦苇。

弗拉第米尔　我简直可以发誓，说我听到了叫喊声。

爱斯特拉贡　他为什么要叫喊呢？

弗拉第米尔　他要吆喝他的马。

沉默。

爱斯特拉贡　咱们走吧。

弗拉第米尔　去哪里？（略顿）今天晚上，咱们兴许可以在他家里睡觉，暖暖和和的，清清爽爽的，肚子饱饱的，躺在干草上。咱们值得在这里一等，不是吗？

爱斯特拉贡　可不要等上整整一夜。

弗拉第米尔　天还亮着呢。

沉默。

爱斯特拉贡　我饿了。

弗拉第米尔　你要不要一根胡萝卜？

爱斯特拉贡　就没有别的什么吃的了吗？

弗拉第米尔　我应该还有些水萝卜。

爱斯特拉贡　　那就给我一根胡萝卜吧。(弗拉第米尔在他的口袋里掏着，拿出一个水萝卜，递给爱斯特拉贡)谢谢。(他咬了一口萝卜。有些抱怨地)这是一个水萝卜！

弗拉第米尔　　哦，对不起！我简直要起誓说，这是一根胡萝卜呢。(他又在他的口袋里掏着，结果只找到水萝卜)全都是水萝卜。(他始终在找)你一定是把最后的一根胡萝卜吃了。(他寻找)等一等，有了。(他终于掏出一根胡萝卜，把它递给了爱斯特拉贡)给你，我亲爱的。(爱斯特拉贡把胡萝卜在衣袖上擦了擦，就开始吃了起来)把水萝卜还给我。(爱斯特拉贡把水萝卜还给了他)你就自个儿慢慢地嚼吧，去吧，我这里可是再也没有了。

爱斯特拉贡　　(边啃边说)刚才我问了你一个问题。

弗拉第米尔　　啊。

爱斯特拉贡　　你回答我了吗？

弗拉第米尔　　你的胡萝卜，它很好吃吗？

爱斯特拉贡　　它很甜。

弗拉第米尔　　这样更好，这样更好。(略顿)那么，你刚才想知道什么呢?

爱斯特拉贡 我已经不再记得了。(他啃着)正是这个让我大伤脑筋。(他很愉快地瞧着那根胡萝卜,用手指头把它举到空中,转动着)你的胡萝卜,它真是好吃极了。(津津有味地舔着胡萝卜的根)等一等,我这会儿想起来了。(他又咬了一口)

弗拉第米尔 那么?

爱斯特拉贡 (嘴里塞得满满的,心不在焉地)咱们没有被拴在一起吗?

弗拉第米尔 我什么都没听见。

爱斯特拉贡 (拒绝。吞咽)我在问咱们有没有被拴在一起。

弗拉第米尔 拴在一起?

爱斯特拉贡 拴——在——一起。

弗拉第米尔 如何拴在一起?

爱斯特拉贡 脚和手拴在一起。

弗拉第米尔 但是,跟谁拴在一起?被谁拴在一起?

爱斯特拉贡 拴在你等的那个人身上。

弗拉第米尔 戈多吗?跟戈多拴在一起?何等奇怪的想法?永远都不可能!(略顿)还没有。(他并没有

连读①)

爱斯特拉贡 他是叫戈多吗?

弗拉第米尔 我想是的。

爱斯特拉贡 喏,给你这个!(他抓住胡萝卜缨子,把吃剩的胡萝卜举得高高的,在眼前转动着)真是奇怪啊,越是吃到后来,味道就越不好。

弗拉第米尔 对我来说,事情正好相反。

爱斯特拉贡 这就是说?

弗拉第米尔 我是渐渐地琢磨出滋味来的。

爱斯特拉贡 (沉思了半晌)你说的事情正好相反,就是这个吗?

弗拉第米尔 气质的问题。

爱斯特拉贡 性格的问题。

弗拉第米尔 人们对此无能为力。

爱斯特拉贡 就是再奋斗也没有用。

弗拉第米尔 天生是什么样还是什么样。

爱斯特拉贡 就是再挣扎也没有用。

弗拉第米尔 江山易改,本性难移。

---

① 在法语中,"还没有"(pas encore)这一词组中两个词本来是要连读的。

爱斯特拉贡 毫无办法。(他把吃剩的胡萝卜递给弗拉第米尔)你想不想把它给吃完了?

附近传来一声恐怖的叫喊。胡萝卜从爱斯特拉贡手中落下。他们一动不动地发愣,然后疾步走向侧幕。爱斯特拉贡停在了半路,转身回来,捡起地上的胡萝卜,把它塞进衣兜里,冲向正等着他的弗拉第米尔,又一次停下来,又转身回来,捡起他的鞋子,然后跑着去追弗拉第米尔。他们抱成一团,缩着肩膀,躲避那一声充满威胁的叫喊,在那里等着。

波卓和幸运儿上场。波卓用一根绳子牵着幸运儿赶着他走,绳子的一头拴在幸运儿的脖子上,一开始,观众只看见幸运儿,他身后拖着一根绳子,绳子非常长,等幸运儿走到了舞台中央,波卓才刚刚从侧幕旁露面。幸运儿拎着一只很重的旅行箱,一条折叠凳,一只食品篮,胳膊底下还夹着一件大衣。波卓手持一根鞭子。

波卓 (在后台)再快点!(鞭子声。波卓上场。他们穿过舞台。幸运儿从弗拉第米尔和爱斯特拉贡的面前走过,下场。波卓看见了弗拉第米尔和爱斯特拉贡,停住脚步。绳子拽紧了。波卓猛地一拉绳子)回来!

坠落声。原来是幸运儿带着他所负载的东西倒在了地上。弗拉第米尔和爱斯特拉贡瞧着他,很想上前帮他一把,又怕波卓会怪他们多管闲事,便犹豫不决。弗拉第米尔刚朝幸运儿迈了一步,爱斯特拉贡便揪着他的袖子,把他拉了回来。

弗拉第米尔 放开我!

爱斯特拉贡 不要乱动。

波卓 小心!他很凶。(弗拉第米尔和爱斯特拉贡瞧着他)对陌生人。

爱斯特拉贡 (低声)是他吗?

弗拉第米尔 谁?

爱斯特拉贡 那个……

弗拉第米尔 戈多?

爱斯特拉贡 对啦。

波卓 我来做一个自我介绍,我叫波卓。

弗拉第米尔 可是不对。

爱斯特拉贡 他是说戈多。

弗拉第米尔　可是不对。

爱斯特拉贡　（对波卓）先生，您不是戈多先生吗？

波卓　（以一种可怕的嗓音）我叫波卓！（沉默）这名字对你们难道不意味着什么吗？（沉默）我在问你们，这名字对你们难道不意味着什么吗？

弗拉第米尔和爱斯特拉贡面面相觑。

爱斯特拉贡　（假装在搜索记忆）泊卓……泊卓……

弗拉第米尔　（也假装在思索）波卓……

波卓　波——卓！

爱斯特拉贡　啊！波卓……对了……波卓……

弗拉第米尔　到底是波卓还是泊卓？

爱斯特拉贡　波卓……不，我看不出来。

弗拉第米尔　（打圆场）我认识一家叫戈卓的。那家的母亲老拿着绷子绣花。

波卓威胁似的走上前来。

爱斯特拉贡　（急忙）我们不是本地人，先生。

波卓　（停步）你们好歹都还是人嘛。（他戴上眼镜）依我看来都如此。（他又摘下眼镜）跟我属于同一种类。（他哈哈大笑起来）跟波卓属于同一种类。神圣的起源！

弗拉第米尔　这就是说……

波卓　（突然打断他）谁是戈多？

爱斯特拉贡　戈多？

波卓　你们把我当成了戈多。

弗拉第米尔　哦不，先生，一点儿也没有，先生。

波卓　他是谁？

弗拉第米尔　这个嘛，他是一个……是一个熟人。

爱斯特拉贡　哦不，我们跟他只是稍微有些熟。

弗拉第米尔　很显然，我们对他还不太了解……不过，尽管如此……

爱斯特拉贡　说到我，我甚至都认不出他来。

波卓　于是，你们把我当成了他。

爱斯特拉贡　这就是说……黑暗……疲劳……体弱……等待……我承认……我以为……一时间……

弗拉第米尔　别听他的，先生，别听他的！

波卓　等待？这么说，你们在等他？

弗拉第米尔　这就是说……

波卓　在这里？在我的土地上？

弗拉第米尔　我们并没什么坏心眼。

爱斯特拉贡　我们的用意是好的。

波卓　　　　路是属于所有人的。

弗拉第米尔　　我们也是这么想的。

波卓　　　　这是一个耻辱，但是，也只能是这样了。

爱斯特拉贡　　我们对此无能为力。

波卓　　　　（做了一个很大的动作）我们不谈这些啦。（他拉了拉绳子）起来！（略顿）他每次倒在地上，都要呼呼睡觉。（他拉了拉绳子）起来，臭肉！（传来幸运儿起身并捡东西的声音。波卓拉了拉绳子）回来！（幸运儿倒退着回来）停步！（幸运儿停步）转过来！（幸运儿转过来。对弗拉第米尔和爱斯特拉贡，和蔼地）我的朋友们，我很高兴在这里见到了你们。（面对他们狐疑的表情）当然，没错，我真的十分高兴。（他拉了拉绳子）再过来点！（幸运儿朝前走了走）停！（幸运儿停住。对弗拉第米尔和爱斯特拉贡）你们瞧瞧，等你一个人赶路时，道路可是真长，尤其一口气走了……（他看了看表）……走了……（他计算）……六个钟头，对了，没错，一口气走了六个钟头，连个鬼影子都没碰到。（对幸运儿）大衣！（幸运儿放下旅行箱，上前,递上大衣,后退,又拿起旅行箱)拿着这个。(波卓把鞭子伸向他,幸运儿上前,由于双手都没有空,便俯下身子,用牙齿咬住鞭子,然后后退。波卓开始穿大衣,又停住)大衣!(幸运儿放下手中的东西,上前,帮波卓穿上大衣,后退,又重新拿起刚放下的东西)小风吹来,还真有点凉。(他终于扣好了大衣的扣子,俯下身子,打量自己,又挺起身子)鞭子!(幸运儿上前,俯下身子,波卓从他嘴里拿过鞭子,幸运儿后退)你们瞧瞧,我的朋友,我不能长久地不跟我的同类打交道,(他瞧着这两个同类)即便我们的相似之处还不太多。(对幸运儿)折叠凳!(幸运儿放下旅行箱和篮子,上前,打开折叠凳,把它放在地上,后退,重又拿起旅行箱和食品篮。波卓瞧着折叠凳)再靠近一点!(幸运儿放下旅行箱和篮子,上前,挪了一下折叠凳,后退,又拿起旅行箱和食品篮。波卓坐下,他把鞭子的顶头抵住幸运儿的胸脯并使劲推)后退!(幸运儿后退)再后退!(幸运儿再后退)站住!(幸运儿站住。对弗拉第米尔和爱斯特拉贡）正因为这样，我才想跟你们一起待上一会儿，只要你们允许的话，然后，我再去赶我的路。（对幸运儿）篮子！（幸运儿上前，递上篮子，后退）好新鲜的空气，叫人胃口大开。（他打开篮子，从里头拿出一块鸡肉，一块面包，还有一瓶葡萄酒。对幸运儿）篮子！（幸运儿上前，接过篮子，后退，一动不动地待着）再远一点！（幸运儿后退）就那儿！（幸运儿停步）他真臭。（他嘴对着酒瓶喝了一大口）祝你们身体健康！

他放下酒瓶，开始吃东西。

沉默。爱斯特拉贡和弗拉第米尔慢慢地壮起胆子，围绕着幸运儿转，上下打量起他来。波卓狠狠地咬了一大口鸡肉，啃干净了鸡骨头后，就随手扔在一边。幸运儿慢慢地打起了盹，到后来，旅行箱都蹭到了地面，他突然一个激灵挺直身子，重新开始打盹。完全是那种站着睡觉的人的节奏。

爱斯特拉贡 他有什么地方不对劲吧？

弗拉第米尔 他看起来一副疲劳的样子。

爱斯特拉贡　那他为什么不把行李放在地上呢?

弗拉第米尔　这我怎么知道?(他们靠他更近了)小心!

爱斯特拉贡　咱们跟他说说话吧,你看怎么样?

弗拉第米尔　给我瞧瞧这个!

爱斯特拉贡　什么?

弗拉第米尔　(用手指着)脖子。

爱斯特拉贡　(瞧着脖子)我什么都没看出来。

弗拉第米尔　你站到我这里来。

　　　　　　　爱斯特拉贡站到了弗拉第米尔的位置上。

爱斯特拉贡　确实。

弗拉第米尔　显而易见。

爱斯特拉贡　那是绳子勒的。

弗拉第米尔　摩擦得太频繁了。

爱斯特拉贡　你又能怎么着。

弗拉第米尔　这是绳子的结。

爱斯特拉贡　这是要命的。

　　　　　　　他们继续着他们的观察,停在他的脸上。

弗拉第米尔　他长得倒还不错。

爱斯特拉贡　(耸了耸肩膀,做了个鬼脸)你觉得吗?

弗拉第米尔　稍稍有些女里女气。

爱斯特拉贡　他流口水了。

弗拉第米尔　这是难免的。

爱斯特拉贡　他吐白沫了。

弗拉第米尔　这兴许是一个白痴。

爱斯特拉贡　一个克汀病患者。

弗拉第米尔　（脑袋凑近过去）可以说是一种甲状腺肿。

爱斯特拉贡　（同样的动作）这很难说。

弗拉第米尔　他在喘气。

爱斯特拉贡　这很正常。

弗拉第米尔　瞧他的眼睛。

爱斯特拉贡　他的眼睛怎么啦？

弗拉第米尔　它们鼓了出来。

爱斯特拉贡　对我来说，他正在走向死亡。

弗拉第米尔　这很难说。（略顿）问他一个问题试试。

爱斯特拉贡　你觉得那样好吗？

弗拉第米尔　咱们那样做难道有什么危险吗？

爱斯特拉贡　（怯生生地）先生……

弗拉第米尔　声音响一些！

爱斯特拉贡　（声音响了一些）先生……

波卓　你们都别缠着他！（他们转身朝向波卓，他已经吃完了，正用手背擦着嘴）你们难道没有看见，他想休息吗？（他掏出他的烟斗，开始往里面装烟丝。爱斯特拉贡注意到了地上的鸡骨头，便瞪着两只贪婪的大眼，目不转睛地瞧着。波卓划了一根火柴，开始点烟斗）篮子！（幸运儿没有动，波卓气呼呼地扔掉火柴，拉了拉绳子）篮子！（幸运儿差点儿跌倒，他清醒过来，上前，把酒瓶放进篮子，又返回到自己的位子上，保持他原先的姿势。爱斯特拉贡死盯着鸡骨头，波卓划亮了第二根火柴，点燃了他的烟斗）你们又有什么办法，这本来就不是他的工作。（他深深地吸了一口，伸开了两腿）啊！这下子可舒服多了。

弗拉第米尔 （怯生生地）先生……

波卓 有什么事情吗，我的好人儿？

爱斯特拉贡 哎……您不吃……哎……您不再需要……这些骨头……是吗……先生？

弗拉第米尔 （觉得有些耻辱）你就不能等一等吗？

波卓 当然不，当然不要了，这是很自然的。我难道还需要这些骨头吗？（他用他的鞭子头拨弄它们）不，从我个人来说，我不再需要它们了。（爱斯特拉贡朝鸡骨头走了一步）但是……（爱斯特拉贡停下步子）但是从原则上说，骨头应该是给跟班的。所以，您这个问题，应该去问他。（爱斯特拉贡转身朝向幸运儿，犹豫再三）可是，您倒是问他啊，您问他啊，不要害怕，他会对您说的。

爱斯特拉贡走向幸运儿，在他面前停下了步子。

爱斯特拉贡 先生……对不起，先生……

幸运儿没有反应。波卓甩响了鞭子。幸运儿抬起了脑袋。

波卓 猪猡，有人跟你说话呢。快回答。（对爱斯特拉贡）你说吧。

弗拉第米尔 对不起，先生……那些鸡骨头，您是不是还要？

幸运儿久久地瞧着爱斯特拉贡。

波卓 （狂喜）先生！（幸运儿低下脑袋）回答呀！那些鸡骨头，到底是想要，还是不想要？（幸运儿默不作声。对爱斯特拉贡）它们都归您了。（爱斯特拉贡扑到鸡骨头上，捡起来就塞到嘴里，使劲地啃起来）不过，这事儿我怎么看都觉得有些怪。这确实是他第一次拒绝我给的一块骨头。(他有些担忧地瞧着幸运儿)我希望他不要病倒了,要不然,可就有我的好看了。

他吸了一口烟。

弗拉第米尔　(勃然大怒)真是可耻之极!

沉默。爱斯特拉贡惊愕不已,停止了啃骨头,来来回回地瞧着弗拉第米尔和波卓。波卓十分平静。弗拉第米尔似乎越来越尴尬。

波卓　(对弗拉第米尔)您的话是不是另有所指?

弗拉第米尔　(毅然决然地,但结巴地)以这样的方式……对待一个人(指着幸运儿)……我觉得这样……一个人……不……这是一个耻辱!

爱斯特拉贡　(也不甘心落在人后)一个丑闻!

他又开始啃起骨头来。

波卓　你们太苛刻了。(对弗拉第米尔)请允许我冒昧地问您一句,您多大年纪了?(沉默)六十岁?……七十岁?……(对爱斯特拉贡)他能有多大年纪呢?

爱斯特拉贡　您还是问他吧。

波卓　请原谅我的冒昧。(他把烟斗里的灰在鞭子上磕干净，站起来）我要离开你们了。谢谢你们跟我做伴。（他思索一番）要不然，我还是跟你们一起留下来，再抽上一烟斗吧。你们觉得怎么样？（他们什么话都没说）哦，我只是一个小小的抽烟者，一个很小很小的抽烟者，我还不习惯连续一口气就抽它两烟斗。这（他用手捂着胸口）会让我的心跳加速的。（略顿）都是尼古丁闹的，无论你怎么小心预防，你都会吸进尼古丁的。（叹一口气）你又有什么办法？（沉默）但是，你们或许都不抽烟。你们抽烟，还是不抽？总之，这只是一个细节。（沉默）但是，既然现在我已经站了起来，我又怎样才能重新坐下呢，并且做得很自然呢？我是说，不显得——怎么说呢——格外地做作？（对弗拉第米尔）您说什么呢？（沉默）兴许您什么都没说？（沉默）这没什么要紧的。瞧瞧……

他思索。

爱斯特拉贡 啊！这下子好多了。

他把骨头扔了。

弗拉第米尔 咱们走吧。

爱斯特拉贡 已经要走了啊?

波卓 等一会儿!(他拉了拉绳子)折叠凳!(他用鞭子指着。幸运儿搬动折叠凳)再过来一点儿!就这里!(他重又坐下。幸运儿后退,重又拿起旅行箱和篮子)我这又安顿下来了!

他开始往烟斗里塞烟丝。

弗拉第米尔 咱们走吧!

波卓 我希望,你们不是被我给赶走的。请留下来再待一会儿,你们不会后悔的。

爱斯特拉贡 (预感到对方可能要施舍)我们有的是时间。

波卓 (点燃了他的烟斗)第二斗烟总是不好抽,(他把烟斗从嘴边拿开,仔细打量了一番)我要说的是,不如第一斗烟好抽。(他又把烟斗含到嘴里)但是,味道毕竟还是不错的。

弗拉第米尔 我走啦。

波卓 他无法再忍受我的在场。我大概是不怎么人道吧,但那难道也能成为理由吗?(对弗拉第米尔)您还是好好想一想吧,俗话说三思而后行呢。比如说,您现在就走,在天色还大亮的时候,因为不管怎么说,现在天色还是大亮的嘛。

(三个人全都瞧着天空)好。那会有什么结果，在这种情况下——（他从嘴里拔出烟斗，瞧了瞧烟斗）——原来火灭了——（他又重新点燃烟斗）——在这种情况下……在这种情况下……在这种情况下，你们跟那位先生的见面会有什么结果，他叫什么来着？……戈代……戈多……戈丁……（沉默）……反正你们知道我是在说谁，你们的未来所取决于的那个人（沉默）……反正，你们不久的未来。

爱斯特拉贡 他说的有理。

弗拉第米尔 您是怎么知道的？

波卓 瞧，他终于又跟我说话了！我们终于彼此亲切相待了。

爱斯特拉贡 他为什么不放下他的行李呢？

弗拉第米尔 我也一样，如果能见他一面的话，我将非常高兴。我见到的人越是多，我就越是高兴。即便是跟最卑贱的人打交道，你也能感到自己在长见识，在丰富阅历，在更好地品尝幸福。你们自己，（他专注地瞧着他们俩，先看看这个，又看看那个，让他们意识到他是在跟他们俩说话）

你们自己，谁知道呢，你们兴许会给我带来某些东西。

爱斯特拉贡 他为什么不放下他的行李呢？

波卓 但是，这会让我吃惊。

弗拉第米尔 他在问你一个问题呢。

波卓 （很开心）一个问题？谁？哪个问题？（沉默）刚才，您颤颤巍巍地口口声声称我为先生。现在，您又向我提问题。看来，不会有什么好结果了。

弗拉第米尔 （对爱斯特拉贡）我相信他在听你说。

爱斯特拉贡 （他又开始围绕着幸运儿转圈子）什么？

弗拉第米尔 现在你可以问他了。他这会儿听着呢。

爱斯特拉贡 问他什么呢？

弗拉第米尔 问一问他为什么不放下他的行李。

爱斯特拉贡 我自己还在纳闷呢。

弗拉第米尔 可是，你倒是去问他啊。

波卓 （以一种略带焦虑的关注倾听着他们的交谈，生怕他们的问题忘记提出来）您是想问我，他为什么不放下他的行李，就像您所说的，是不是啊？

弗拉第米尔 正是。

波卓 （对爱斯特拉贡）您也同意这种说法吗?

爱斯特拉贡 （继续围绕着幸运儿转圈子）他像一头海豹那样喘气。

波卓 我来回答你们吧。（对爱斯特拉贡）但是，请您别再转圈了好不好，我请您保持安静，您都转得我犯晕。

弗拉第米尔 到这里来。

爱斯特拉贡 有什么事吗?

弗拉第米尔 他要说话了。

他们纹丝不动地等待着，彼此紧靠在一起。

波卓 好极了。所有人都到场了吗?所有人都在看着我吗?（他瞧了瞧幸运儿，拉了拉绳子。幸运儿抬起脑袋）看着我，猪猡!（幸运儿看着他）好极了。（他把烟斗放回衣兜里，拿出一个小小的喷雾器，朝喉咙里喷了几下，又把喷雾器放回衣兜里，清了清嗓子，吐了一口痰，又拿出喷雾器，朝喉咙里喷了几下，又把喷雾器放回衣兜里）我准备好了。所有人都在听我说吗?（他瞧了瞧幸运儿，拉了拉绳子）上前!（幸运儿上前）到这里！（幸运儿停步）所有人都准备好了吗？（他瞧着他们三人，目光最后落在幸运儿身上，拉了拉绳子）你又怎么啦？（幸运儿抬起脑袋）我不喜欢在虚空中说话。好的。我们开始了。

他思索。

爱斯特拉贡 我要走了。

波卓 您问我的问题到底是什么？

弗拉第米尔 他为什么……

波卓 （愤怒地）别打断我的话！（略顿，更平静地）假如我们都在同一时间里说话，那我们可就谁也听不清谁了。（略顿）我刚才说到哪里了？（略顿。更大声地）我刚才说到哪里了？

弗拉第米尔模仿一个拿着沉重行李的人的样子。波卓瞧着他，却怎么也弄不明白。

爱斯特拉贡 （用力地）行李！（他用手指头指着幸运儿）为什么总是提着。（他模仿直不起腰来的样子，大口喘气）从不放下。（他松开双手，装作轻松地挺起身子的样子）为什么？

波卓 我找到了。应该早一点就对我说了嘛。他为什么不让自己更舒服一些。让我们把这问题弄清楚。他难道没有这个权利吗？当然有。那么说来，是他不愿意吗？这么说才合情合理。那么他为什么不愿意呢？（略顿）先生们，我这就来对你们说一说。

弗拉第米尔 注意听！

波卓 那是为了给我一个好印象，为了让我留下他。

爱斯特拉贡 怎么回事？

波卓 也许我说得还不够明白。他试图赢得我的同情，好让我放弃离开他的念头。不，也不完全是这样的。

弗拉第米尔 您想抛弃他吗？

波卓 他想蒙骗我，但他根本就蒙骗不了我。

弗拉第米尔 您想抛弃他吗？

波卓 他以为，我看到他那么一副像模像样的行李工的样子，我将来就会考虑雇用他发挥这方面的才能。

爱斯特拉贡 您已经讨厌他了？

波卓 实际上，他拿东西的样子像一口猪。他干不了这一行。

弗拉第米尔 那么，您打算抛弃他吗？

波卓 他心里琢磨着，我看到他不知疲倦的样子，兴许会后悔我的决定。这就是他可悲的算计。就仿佛我手下的奴才不够用似的！（三个人全都瞧着幸运儿）阿特拉斯，朱庇特的儿子！[1]（沉默）就这样。我想，我已经回答了您的问题。您还有别的问题吗？（他又玩起了喷雾器的游戏）

弗拉第米尔 您想抛弃他吗？

波卓 请注意，我本来很可能处在他的位子上，而他则处在我的位子上。要不是无常的命运把一切都倒了一个个儿的话。各人自有各人的命。

弗拉第米尔 您想抛弃他吗？

波卓 您说什么来着？

弗拉第米尔 您想抛弃他吗？

波卓 确实。不过我并没有简简单单地把他赶走，就像我可能做的那样，我是说，我并没有简简单

---

[1] 阿特拉斯是希腊神话中的人物，反抗主神宙斯失败后，被罚用头和手擎住天空。他不是朱庇特（即宙斯）的儿子。

单地在他的屁股上踢上一脚，把他推出门外了事，我把他带到了救世主市场，瞧我的好心肠，拿他卖一个好价钱。说实话，要赶走这样的人，这根本就不可能。最好的办法，是把他们给宰了。

幸运儿哭了起来。

爱斯特拉贡　他哭了。

波卓　老狗都比他更有尊严。（他把他的手绢递给爱斯特拉贡）去安慰安慰他，既然你那么可怜他。（爱斯特拉贡犹豫不决）拿着吧。（爱斯特拉贡接过手绢）给他擦擦眼泪。那样的话，他不会那么强烈感受到被抛弃了。

爱斯特拉贡始终在犹豫着。

弗拉第米尔　给我吧，我来帮他擦。

爱斯特拉贡不想把手绢给他，孩子般的动作。

波卓　赶紧快点。再过一会儿，他可就不再哭了。（爱斯特拉贡走近幸运儿，开始准备为他擦眼泪。幸运儿朝他的小腿上狠狠地踢了一脚。爱斯特拉贡往后一倒，手一松，手绢落在地上，他一边叫着疼，一边瘸着腿在舞台上转圈）手绢。

幸运儿放下行李箱和篮子,捡起手绢,上前,把它交给波卓,后退,又拿起行李箱和篮子。

爱斯特拉贡 脏鬼!母牛!(他把长裤往上提了提)他把我的腿弄瘸了。

波卓 我早就对您说过了,他不喜欢陌生人。

弗拉第米尔 (对爱斯特拉贡)让我来看看。(爱斯特拉贡伸出腿来给他看。对波卓,愤怒地)都流血啦!

波卓 这是一个好兆头。

爱斯特拉贡 (把受伤的腿跷在空中)我再也走不了路啦!

弗拉第米尔 (温柔地)我来背你。(略顿)假如必要的话。

波卓 他不再哭了。(对爱斯特拉贡)从某种意义上来说,您代替了他。(若有所思地)世界上的眼泪自有其固定的量。某个地方有人哭起来,另一个地方就必然有人停住了哭。笑也一样。(他笑)如此,我们就不要去说我们时代的坏话了,它并不比以往的时代更糟糕。(沉默)我们也不要去说我们时代的好话了。(沉默)让我们别说了。(沉默)的确,人口是增加了。

弗拉第米尔 试着走两步。

爱斯特拉贡一瘸一拐地走起来,在幸运儿面前停下来，朝他啐了一口，然后走到他一开始就坐着的地方，坐了下来。

波卓　你们知不知道，所有这些美丽的东西，都是谁教我的？（略顿。用手指着幸运儿）是他！幸运儿！

弗拉第米尔　（望着天空）天色难道永远都不变黑了吗？

波卓　要是没有他，我的思维，我的感觉，恐怕永远也就局限在平庸的细碎小事中了，局限在养家糊口的俗事中——根本就没什么要紧的。至于什么才是至高无上的美、至高无上的善、至高无上的真，我真是无法企及，我也知道自己根本不配。于是，我举起了一根鞭子。

弗拉第米尔　（不再察看天空，忍不住）一根鞭子？

波卓　这事差不多已经有六十年了……（他悄悄地心算）……是的，快有六十年了。（很自豪地站起身来）从我的外表看来，我不像这把年纪的样子，难道不是吗？（弗拉第米尔瞧了瞧幸运儿）跟他这么一比，我简直就是个年轻人，不是吗？（略顿。对幸运儿）帽子！（幸运儿放下篮子，摘下他的帽子。一大绺白头发垂下来，披散在他的脸上。他把帽子夹在胳膊底下,又拿起篮子)现在,瞧一瞧。(波卓摘下帽子。[1]他完全秃顶了。他又戴上帽子)你们看见了吗?

弗拉第米尔 一根鞭子,那又算是什么东西。

波卓 您不是这里的人。您是不是有些赶不上时代了?过去,人们有小丑。现在,人们有鞭子。那些该挨鞭子的就得挨鞭子。

弗拉第米尔 您现在要赶他走吗?一个年纪那么老、那么忠诚的仆人?

爱斯特拉贡 臭大粪!

波卓的情绪变得越来越激动。

弗拉第米尔 把他身上的血都吸干了后,您就把他一脚踢开,像一块……(他找着合适的词)……就像一块香蕉皮。您得承认……

波卓 (双手抱住了脑袋,开始呻吟起来)我受不了啦……实在受不了啦……他的所作所为……您都无法知道……真叫可怕……必须让他走人……(他挥舞着胳膊)……我都要疯了……

---

[1] 所有这些人物全都戴着圆顶的礼帽。——作者原注。

（他倒地，双手抱着脑袋）……我受不了啦……再也受不了啦……

沉默。所有人都看着波卓。幸运儿哆嗦不已。

弗拉第米尔 他受不了啦。

爱斯特拉贡 这真可怕。

弗拉第米尔 他都快要疯了。

爱斯特拉贡 真叫人恶心。

弗拉第米尔 （对幸运儿）您怎么敢如此大胆？真是耻辱！一个那么好的主人！让他如此地受苦！在那么多年之后！真是的！

波卓 （带着哭腔）以前……他很殷勤……他帮我的忙……他让我开心……他让我变得更好……而现在……他暗杀我……

爱斯特拉贡 （对弗拉第米尔）难道他想把他给换了？

弗拉第米尔 怎么？

爱斯特拉贡 我没弄明白，他到底是想把他给换了，还是在他之后什么人都不再要了。

弗拉第米尔 我不相信。

爱斯特拉贡 怎么？

弗拉第米尔 我不知道。

爱斯特拉贡　应该问问他。

　　　波卓　（平静下来）先生们，我不知道我刚才是怎么了。我请你们原谅。忘了这一切吧。（越来越能控制自己了）我已经不太记得我都说了些什么，但是，你们可以相信，这里头没有一句是真话。（站起来，拍打着胸脯）看我，我这像是一个受了苦的人吗？瞧瞧！（他在他的衣兜里摸着）我把我的烟斗弄哪儿去了？

弗拉第米尔　好一个美好的傍晚。

爱斯特拉贡　令人难忘。

弗拉第米尔　它还没有结束。

爱斯特拉贡　人们当然会说没有。

弗拉第米尔　它才刚刚开始。

爱斯特拉贡　真是太不寻常了。

弗拉第米尔　人们简直会说，就像在剧院里。

爱斯特拉贡　在马戏场里。

弗拉第米尔　在音乐厅里。

爱斯特拉贡　在马戏场里。

　　　波卓　但是，我把我的欧石楠烟斗弄到哪儿去了呢？

爱斯特拉贡　他可真逗啊！他把他的大烟斗给弄丢了！（哈哈

　　　　　　　大笑）

弗拉第米尔　我一会儿就回来。

　　　　　　　他走向侧幕。

爱斯特拉贡　走廊尽头，往左。

弗拉第米尔　替我看着座位。

　　　　　　　他下场。

波卓　我丢了我的阿卜杜拉①！

爱斯特拉贡　（笑弯了腰）他可真是逗得要让人笑弯腰！

波卓　（抬起脑袋）你们恐怕都没有看见——（他发现弗拉第米尔不在场。很遗憾地）哦！他已经走啦！……也没有跟我说一声再见！这可算不得漂亮！您本来应该拉住他的。

爱斯特拉贡　他自己独自就忍住了。②

波卓　哦！（略顿）那好极了。

爱斯特拉贡　（站起来）请从这边走。

波卓　做什么？

---

① 英语版本此处为"我丢了我的凯普—彼特孙"。那是一个生产欧石楠烟斗的工厂的名称。
② 文字游戏，"拉住"和"忍住"用的分别是"retenir"和"se retenir"。"忍住"指"忍住大小便"。

爱斯特拉贡 您过来看看就知道了。

波卓 您是说让我站起来?

爱斯特拉贡 来吧……来吧……快点儿。

> 波卓站起来,走向爱斯特拉贡。

爱斯特拉贡 您瞧!

波卓 哎哟啊!

爱斯特拉贡 完了。

> 弗拉第米尔上场,满脸阴沉,撞了幸运儿一下,一脚踢翻了折叠凳,激动不安地来回踱步。

波卓 他不高兴吗?

爱斯特拉贡 你错过了大饱眼福的精彩场面。真叫遗憾。

> 弗拉第米尔停步,扶起折叠凳,又继续来回踱步,更平静些了。

波卓 他平静一些了。(环顾四周)另外,一切也都平静下来了,我觉得。一种巨大宁静降临了。请听。(他举起一只手)潘神[1]睡了。

弗拉第米尔 (停住脚步)天色难道永远都不变黑了吗?

> 他们三人全都望着天空。

---

[1] 潘神是希腊神话中的山林畜牧之神,人身羊腿,头上长角。

波卓　　　你们非得在这之后才走吗?

爱斯特拉贡　就是说……您明白……

波卓　　　但是,这很自然,这很自然。我自己,我要是处在您的位子上,假如我跟戈丁……戈代……戈多……有约会,反正您知道我说的是谁,我就会一直等到天黑,不到天黑不死心。(他瞧着折叠凳)我倒是真想坐一会儿,但是我实在不太知道怎样才能稳稳地坐下。

爱斯特拉贡　我可以帮您一下吗?

波卓　　　假如您能请我,兴许?

爱斯特拉贡　什么?

波卓　　　假如您能请我再坐下。

爱斯特拉贡　这就算帮了您吗?

波卓　　　依我看来就算。

爱斯特拉贡　我们就开始吧。先生,请您坐下来吧。

波卓　　　不,不,没有这个必要。(略顿。低声)请求得再执着一些。

爱斯特拉贡　好的,让我们试一试,您别这样老站着呢,您这样会着凉的。

波卓　　　您以为吗?

爱斯特拉贡 但，这是确定无疑的啊。

波卓 毫无疑问，您说得有理。(他坐下)谢谢，我亲爱的。我现在又安顿下来了。(爱斯特拉贡坐下。波卓瞧着他的表)到时间了，我该跟你们告别了，假如我不打算迟到的话。

弗拉第米尔 时间已经停住了。

波卓 (把表举到耳边听)先生，不要相信这个，不要相信这个。(他又把表放进衣兜里)你们随便相信什么都成，就是别相信这个。

爱斯特拉贡 (对波卓)今天，他看什么都是一团漆黑。

波卓 除了苍天。(他笑了。很满意自己的那句俏皮话)耐心一些，它就会来的。但是我看清了那是什么，你们不是这里的人，你们还不知道我们这里的黄昏究竟是怎么一回事。你们要不要我来给你们讲讲？(沉默。爱斯特拉贡和弗拉第米尔又开始细细地把玩起了手中的东西，前者玩的是他的鞋子，后者玩着他的帽子。幸运儿的帽子掉了，自己却没有发现)我很想满足你们。(又玩起了他的喷雾器)请你们集中注意力了。(爱斯特拉贡和弗拉第米尔继续着他们的小动作，幸运儿都快睡着了。波卓甩响了他的鞭子，但它只发出了一记轻微的声响）这鞭子，它到底怎么啦？（他站起身，更使劲地甩动鞭子，最后终于成功了。幸运儿猛地一惊。爱斯特拉贡的鞋子，弗拉第米尔的帽子，都从他们的手中落下。波卓扔掉鞭子）这根鞭子，已经没什么用处了。（他瞧着他的听众）我刚才说到什么啦？

弗拉第米尔 我们走吧。

爱斯特拉贡 可是，您别这样老站着呢，您这样会感冒的。

波卓 没错。（他坐下。对爱斯特拉贡）您叫什么名字来着？

爱斯特拉贡 （打岔似的）卡图卢斯①。

波卓 （对他说的连听都不听，只顾自己说）啊，对，夜晚。（抬起脑袋）但是，请你们稍稍集中一点注意力，不然的话，我们就将一事无成。（瞧着天空）请看。（所有人都瞧着天空，除了幸运儿，他又开始打起了瞌睡。波卓发现了这一点，

---

① 卡图卢斯（公元前87—约前54），古罗马诗人。

拉了拉绳子）猪猡，你倒是看着天空啊！（幸运儿扬起脑袋）好的，够了。（他们低下脑袋）它到底有什么东西是如此地异乎寻常？它作为老天？它苍白而又明亮，像是白天这一时刻在任何地方的天空。（略顿）在相同方位上的天空。（略顿）当天气晴朗的时候。（他的嗓音变得像在唱歌似的）一个钟头之前（他看了看他的表，用粗俗的语调）大概是吧（嗓音重又变成抒情般的）在不知疲倦地为我们（他迟疑了一下，声调转低）就算是从上午十点钟开始的吧（声调提高）倾泻了红色与白色的光芒之激流之后，它开始失去它的光亮，开始变得苍白，（双手做着动作，缓缓地落下）苍白，越来越苍白，一直到后来（戏剧性的停顿，两只手使劲地向水平方向伸展开，动作很大）扑通！完结！它不再动弹！（沉默）但是，（他像一个告诫者那样，举起一只手）但是，在这道温柔与宁静的帷幕后面，（他抬起眼睛望着天空，其他人都模仿着他的样子，除了幸运儿）黑夜疾奔而来，（嗓音变得有些颤抖）并将扑在我们的头上（他啪地打了一个响指）啪！就这样——（灵感离他而去）就在我们最意想不到的那一刻。（沉默。阴沉的嗓音）在这婊子养的大地上，它就是这样发生的。

长久的沉默。

爱斯特拉贡　从我们得到预告的时候起。

弗拉第米尔　我们就可以耐心地等。

爱斯特拉贡　我们知道应该是怎么一回事。

弗拉第米尔　就用不着多操心了。

爱斯特拉贡　只需要等待就成了。

弗拉第米尔　我们已经习惯那样了。（他捡起他的帽子，瞧了瞧里头，抖了抖，又把它戴在头上）

波卓　你们觉得我怎么样？（爱斯特拉贡和弗拉第米尔愣愣地瞧着他，没听明白）很好？一般？还行？马马虎虎？还是真的很坏？

弗拉第米尔　（第一个明白过来）哦，很好，非常非常好。

波卓　（对爱斯特拉贡）那么您呢，先生？

爱斯特拉贡　（带着英国口音）哦，太好了，太太太好了。

波卓　（很冲动）谢谢你们，先生们！（略顿）我是那么需要鼓励。（他思考）快结束时，我有点儿后劲不足。你们没有注意到吗？

弗拉第米尔 哦，兴许是有那么一点点。

爱斯特拉贡 我还以为是故意要那样。

波卓 那是因为我的记忆出了一点小故障。

沉默。

爱斯特拉贡 在等待的时候，什么都没有发生。

波卓 （遗憾地）您是不是觉得有些无聊？

爱斯特拉贡 是有那么一些。

波卓 （对弗拉第米尔）那么您呢，先生？

弗拉第米尔 这并不怎么有趣。

沉默。波卓投入到了一种内心思想斗争中。

波卓 先生们，你们都曾……（他在寻找字词）……待我很得体。

爱斯特拉贡 哦不！

弗拉第米尔 哪儿的话！

波卓 当然不错，当然不错，你们都做得很本分。以至于我在心里问自己……如果换成我的话，对那些正活得很腻烦的老实人，我又能做什么呢？

爱斯特拉贡 哪怕是一个金路易，都会受到欢迎。

弗拉第米尔 （愤怒不已）我们又不是乞丐。

波卓　　我又能做什么呢,好让他们觉得时间过得不那么慢?这就是我在心里想的。我给了他们骨头,我对他们说东说西的,我对他们解释了黄昏的天空,这是一件很清楚的事。十分可信。但是,这就够了吗?正是这个问题在折磨着我的心,这就够了吗?

爱斯特拉贡　　哪怕是一百个苏。

弗拉第米尔　　闭嘴!

爱斯特拉贡　　我又没有走错路。

波卓　　这就够了吗?兴许。但是,我很慷慨。那是我的天性。今天。活该我倒霉。(他拉了拉绳子。幸运儿瞧着他)因为我将受苦,这是确定无疑的。(并没有站起来,他俯下身子,又拿起鞭子)你们更喜欢什么?让他跳舞,让他唱歌,让他朗诵,让他思考,让他……

爱斯特拉贡　　谁?

波卓　　谁!你们会思考吗,你们这些人?

弗拉第米尔　　他思考?

波卓　　一点没错。大声地说出来。以前,他甚至思考得十分精彩,我可以一连听他好几个钟头。现在……（他哆嗦）终于，活该。那么，你们想要让他给我们思考些什么问题吗？

爱斯特拉贡 我更喜欢让他来跳舞，那样会更欢快一些。

波卓 那可不一定。

爱斯特拉贡 不是吗，迪迪，那样会更欢快一些？

弗拉第米尔 我更愿意听他思考。

爱斯特拉贡 他兴许可以先跳舞，然后再思考，这样行不行？假如这样不算太为难他的话。

弗拉第米尔 （对波卓）这可能吗？

波卓 当然可能了，再没有比这更容易的事了。而且这很合乎自然顺序。（短促的笑声）

弗拉第米尔 那么，就让他跳舞吧。

沉默。

波卓 （对幸运儿）你听见了吗？

爱斯特拉贡 他从来不拒绝吗？

波卓 我过一会儿给你们解释这个。（对幸运儿）快跳，混蛋！

幸运儿放下行李箱和篮子，稍稍朝台前的脚灯走了几步，转身朝向波卓。爱斯特拉贡站起来，想看得更清楚。幸运儿跳舞。他停下来。

爱斯特拉贡　就这些吗？

波卓　再跳！

幸运儿重复了同样的动作，又停下来。

爱斯特拉贡　就这个，我的猪猡！（他模仿幸运儿的动作）连我都会跳。（他模仿，差点儿摔倒，又回去坐下）只要稍微训练一下就成。

弗拉第米尔　他累了。

波卓　以前，他跳过法兰多拉舞、埃及舞、法国摇晃舞、快步舞、凡丹戈舞，甚至还跳过水手舞。现在，他就只剩还能跳这种舞了。您知道那叫什么舞吗？

爱斯特拉贡　点灯人之死。

弗拉第米尔　老年人之癌。

波卓　网之舞。他以为自己陷落在一张网里头。

弗拉第米尔　（像爱美的舞蹈家那样扭动着身子）这里头有一些东西……

幸运儿准备要转回去拿他的行李。

波卓　（仿佛在唤马）哇啊！

幸运儿一动不动地停住了。

爱斯特拉贡　他从来不拒绝吗？

波卓　　我来给你解释这个。(他在自己的衣兜里掏着)等一下。(他掏)我把我的梨弄到哪儿去了?(他掏)真是的!(他抬起头来,目瞪口呆。以半死不活的语调)我把我的喷雾器给丢了!

爱斯特拉贡　(以半死不活的语调)我的左肺很弱很弱。(他很轻地咳嗽了一下,接着用洪亮的声音)可是我的右肺却像铁打似的强壮!

波卓　　(正常的嗓音)活该,这我就不管了。我刚才说到什么了?(他思索)等一下!(思索)真是的!(他抬起头)请帮帮我!

爱斯特拉贡　我在找呢。

弗拉第米尔　我也在找呢。

波卓　　等一下!

三个人同时脱下帽子,用手扶着脑门,聚精会神地思索。长久的沉默。

爱斯特拉贡　(胜利地)啊!

弗拉第米尔　他找到了。

波卓　　(不耐烦地)怎么样?

爱斯特拉贡　他为什么不放下他的行李呢?

弗拉第米尔　不是这个!

波卓　您敢肯定吗？

弗拉第米尔　可是，这您都已经对我们说了。

波卓　我已经对你们说了吗？

爱斯特拉贡　他已经对我们说了吗？

弗拉第米尔　再说，他都已经把它们给放下了。

爱斯特拉贡　（朝幸运儿瞥了一眼）真的哎。之后呢？

弗拉第米尔　既然他把行李给放下了，我们就绝不可能问他为什么不把它们放下。

波卓　很有道理！

爱斯特拉贡　为什么他把它们放下了呢？

波卓　对了。

弗拉第米尔　为了跳舞呗。

爱斯特拉贡　没错啊。

波卓　没错。

　　　　长久的沉默。

爱斯特拉贡　（起立）什么都没发生，没有任何人来，也没有任何人走，真是可怕。

弗拉第米尔　（对波卓）对他说，让他思考一下。

波卓　把他的帽子给他。

弗拉第米尔　他的帽子？

波卓　没有了帽子，他无法思考。

弗拉第米尔　（对爱斯特拉贡）把他的帽子给他。

爱斯特拉贡　我吗？他踢了我一脚后我还去给他？休想！

弗拉第米尔　我来吧，我来拿给他吧。

他待着不动。

爱斯特拉贡　让他自己来拿吧。

波卓　最好还是拿给他。

弗拉第米尔　我来拿给他吧。

他捡起帽子，远远地递给幸运儿。幸运儿没有动。

波卓　必须戴到他头上。

爱斯特拉贡　（对波卓）对他说让他接着。

波卓　最好还是戴到他头上。

弗拉第米尔　我去戴到他头上吧。

他小心翼翼地绕到了幸运儿的身后，悄悄地从后面接近他，把帽子戴在他的脑袋上，然后迅速地向后一退。幸运儿没有动。沉默。

爱斯特拉贡　他在等什么呢？

波卓　你们走开。（爱斯特拉贡和弗拉第米尔离开幸运儿。波卓拉了拉绳子。幸运儿瞧着他）思考，猪猡！（略顿。幸运儿开始跳舞）停下！（幸运儿停下）向前！（幸运儿走向波卓）就这儿！（幸运儿停下）思考！

略顿。

幸运儿 此外，说说那个正……

波卓 停止！（幸运儿闭嘴）后退！（幸运儿后退）就这儿！（幸运儿停下）吁！（幸运儿转向观众）思考！

幸运儿 （独白碎片）恰如普万松和瓦特曼新近公共事业的存在本身所显示的那样一个白胡子的嘎嘎嘎的上帝本人嘎嘎嘎超越时间超越空间确确实实地存在在他神圣的麻木他神圣的疯狂他神圣的失语的高处深深地爱着我们除了极少数的例外我们不知道这是为何但他终将会来到并遵循着神圣的米兰达①的样子跟人们一起忍受痛苦那些人我们也不知道是为什么但我们有时间生活

弗拉第米尔和爱斯特拉贡认真地倾听；波卓则有些垂头丧气和厌烦。

---

① 米兰达是莎士比亚剧作《暴风雨》中的女主人公，一个天真无邪的少女。

弗拉第米尔和爱斯特拉贡开始喃喃低语；波卓则更为痛苦了。

在折磨中在火焰中而烈火和烈焰哪怕再持续烧一段时间当然这是值得怀疑的最后就会把横梁烧着甚至把地狱端上那么蔚蓝的天空有时候今天它还就那么蔚蓝那么宁静这宁静尽管时断时续总还算受欢迎但是我们先别那么快另一方面要等待一下在一些未完成的探索之后不要赶在未完成的探索之前但是尽管如此那些探索还是得到了乌龟和蠢猪的伯尔尼昂布赖斯的人体测测测测量学科科科科学院的嘉奖早已经断定并毫无任何错误的可能除非属于在乌龟和蠢猪的

弗拉第米尔和爱斯特拉贡又平静下来，继续细听；波卓越来越激动，开始呻吟。

未完成的未完成的探索之后做出的人类计算的差错早已经已经已经做出如下如下如下判断但是我们还是先别那么快人们不知道为什么在普万松和瓦特曼的事业之后还显得如此清楚如此清楚鉴于法尔托夫和卑勒歇尔的未完成未完成的工作看来人相反地跟观点正相反人在乌龟和蠢猪的布赖斯的人总而言之人总而言之最终尽管食物的进步和垃圾清除的进步正在渐渐地消瘦同时相平行地人们不知道为什么尽管有身体训练和体育实践的飞跃如此的如此的如此的网

069

球足球跑步自行车游泳骑马飞翔意识运动网球划船滑冰在冰上滑在柏油路上滑网球飞翔体育冬天的夏天的秋天的秋天的网球草地上的场地上的硬地上的飞翔网球曲棍球在土地上在海上在空中盘尼西林和代用药总之我接着说同时平行地萎缩下来人们不知道是为什么尽管有网球飞翔高尔夫球九洞的和十八洞的都一样冰面上的网球总之人们不知道是为什么在塞纳河省塞纳-瓦兹省塞纳-马恩省马恩-瓦兹省换言之同时平行地人们不知道为什么瘦下来缩小了我接着说瓦兹河马恩河总之自从伏尔泰死后每个人按人头计算的净损失只在毫厘之间平均每人一百克左右差不多大约粗略大概整数净重在诺曼底就算脱衣后的重量人们不知道为什么总之没什么要紧的事实就摆在那里尤其考虑到那些更严重的由此可见更为严重的依据依据斯丹威格和彼得曼目前的经验由此可见更为严重的由此可见更为严重的依据依据斯丹威格和彼得曼目前的经验在乡村在山区在海边在河流边在火边气是同样的而土换言之气和土在寒冷时气和

弗拉第米尔和爱斯特拉贡大声抗议；波卓一下子站了起来，拉了拉绳子，所有人都叫了起来，幸运儿拉着绳子，蹒跚着，号叫。三个人都扑到幸运儿身上，后者挣扎着，号叫着念出他的独白。

土被寒冷变成了石头哎呀在它们的第七纪天空大地海洋被巨大的寒冷巨大的寒冷变成了石头在海上在土地上在天空中可怜啊我接着说人们不知道为什么尽管有网球事实摆在那里人们不知道为什么我接着说下面的内容总之一句话哎呀接着说变成了石头谁能怀疑它我接着说但我们不要那么快我接着说开头同时平行人们不知道为什么尽管有网球接着胡子火焰哭泣石头那么蔚蓝那么宁静哎呀脑袋脑袋脑袋脑袋在诺曼底尽管有网球被抛弃的未完成的劳作更为严重石头总之我接着说哎呀哎呀被抛弃未完成脑袋脑袋在诺曼底尽管有网球脑袋哎呀石头蠢猪蠢猪……（混成一团。幸运儿又发出某些狂妄的叫喊）网球！……石头！……那么宁静！……蠢猪！……未完成！……

波卓　他的帽子！

弗拉第米尔抢走幸运儿的帽子，幸运儿闭嘴，倒下。死一般的沉默。胜利者的喘气声。

爱斯特拉贡　我的仇可算是报了。

弗拉第米尔打量着幸运儿的帽子，瞧了瞧里头。

波卓　　　　快把它给我！（他从弗拉第米尔的手中抢过帽子，扔在地上，跳上去使劲乱踩）这样，他就不会再思考了！

弗拉第米尔　但是，他还能辨别方向吗？

波卓　　　　将由我来给他指方向。（他踢了幸运儿好几脚）起来！猪猡！

爱斯特拉贡　他可能死了。

弗拉第米尔　您要把他杀死的。

波卓　　　　起来！臭肉！（他拉了拉绳子，幸运儿滑动了一下。对爱斯特拉贡和弗拉第米尔）你们帮我一下。

弗拉第米尔　可我们怎么做呢？

波卓　　　　把他抬起来。

　　　　　　爱斯特拉贡和弗拉第米尔把幸运儿扶起来，撑住他站了一会儿，然后就放开了他，他又倒下了。

爱斯特拉贡　他是故意的。

波卓　　　　必须把他扶起来。（略顿）快点！快点！把他扶起来！

爱斯特拉贡　我，我可实在受够了。

弗拉第米尔 快点来吧，让咱们再来它一次。

爱斯特拉贡 他把我们当成什么人了？

弗拉第米尔 快点来吧。

他们搀扶着幸运儿站起来，把他撑住了。

波卓 不要松手！（爱斯特拉贡和弗拉第米尔摇晃起来）别乱动！（波卓提起行李箱和篮子，准备把它们交给幸运儿）紧紧地拿住了！（他把行李箱放到幸运儿的手中，但后者立即就松开了手）别松手啊！（他又开始重复动作。在接触到行李箱之后，幸运儿的知觉渐渐地恢复过来了，他的手指头终于抓紧了行李箱的把手）一直抓紧了！（用同样的动作送上篮子）好啦，你们可以松开他啦。（爱斯特拉贡和弗拉第米尔从幸运儿身边走开，后者摇摇晃晃，身子往下沉下去，但总算还站着，行李箱和篮子依然拿在手中。波卓后退，甩响了他的鞭子）向前！（幸运儿向前）向后！（幸运儿后退）转身！（幸运儿转了一个身）行了，他能走路了。（转身朝向爱斯特拉贡和弗拉第米尔）谢谢你们，先生们，让我来为你们——（他在衣兜里掏着）——为你们

		祝福——（他掏着）——为你们祝福——（他掏着）——可是我把我的表放哪儿了？（他掏着）真是见了鬼啦！（他抬起脑袋，一脸的沮丧）一块真正的扪表，先生们，还带有秒针呢。是我的爷爷留给我的。（他掏着）也许掉在地上了。（他满地寻找，弗拉第米尔和爱斯特拉贡也跟着他一起寻找。波卓用脚踢了踢幸运儿的那顶破帽子）这，兴许会在这里头，谁知道！
弗拉第米尔	它也许在您背心的兜里。
波卓	等一下。（他深深地弯下腰，脑袋挨近自己的肚子，细听）我什么都没听到！（他做手势让他们靠近）过来看。（爱斯特拉贡和弗拉第米尔走到他跟前，俯身在他的肚子上听）我似乎觉得，人们可以听到嘀嗒嘀嗒的声音。
弗拉第米尔	安静！
	所有人都俯下身子，细听。
爱斯特拉贡	我听见了什么东西在响。
波卓	哪里？
弗拉第米尔	是心脏。
波卓	（失望）去他妈的！

弗拉第米尔　安静!

　　他们细听。

爱斯特拉贡　也许它停了。

　　他们都直起身子。

波卓　你们俩谁的身上那么臭?

爱斯特拉贡　他有口臭,我有脚臭。

波卓　我要离开你们了。

爱斯特拉贡　那您的扣表呢?

波卓　我一定是把它忘在城堡里了。

爱斯特拉贡　那么,再见。

波卓　再见。

弗拉第米尔　再见。

爱斯特拉贡　再见。

　　沉默,没有人动。

弗拉第米尔　再见。

波卓　再见。

爱斯特拉贡　再见。

　　沉默。

波卓　谢谢。

弗拉第米尔　谢谢您。

波卓　　　　不谢不谢。

爱斯特拉贡　　该谢该谢。

波卓　　　　真的不谢。

弗拉第米尔　　真的该谢。

爱斯特拉贡　　真的不谢。

波卓　　　　我简直都没法……（他犹豫着）……出发了。

爱斯特拉贡　　这就是命啊。

　　　　　　　波卓转身，离开幸运儿，走向侧幕，一边走一边放出绳子。

弗拉第米尔　　您走错方向了。

波卓　　　　我需要冲动。（他的绳子放到了尽头，也就是说，他一直走到了侧幕里，他停下脚步，转过身，叫喊）你们让开！（爱斯特拉贡和弗拉第米尔闪身站在舞台尽头，瞧着波卓这里。鞭子的声音）向前！

　　　　　　　幸运儿没有动。

爱斯特拉贡　　向前！

弗拉第米尔　　向前！

　　　　　　　鞭子声。幸运儿起步。

波卓　　　　再快点！（他从侧幕里走出，跟在幸运儿的后面，穿越整个舞台。爱斯特拉贡和弗拉第米尔脱帽致敬，挥手致意。幸运儿下场。波卓甩响绳子和鞭子）再快点！再快点！（等到他即将消失的那一刻，波卓停了下来，转身。绳子绷紧了。传来幸运儿倒地的声音）我的折叠凳！（弗拉第米尔赶紧去找来他的折叠凳，交给波卓，他再把它扔给幸运儿）再见！

爱斯特拉贡，弗拉第米尔 （挥了挥手）再见！再见！

波卓 起来！猪猡！（幸运儿站起来的声音）向前！（波卓下场。鞭子的声音）向前！再见！再快点！猪猡！吁！再见！

沉默。

弗拉第米尔 这倒是消磨了时间。

爱斯特拉贡 就算没有它，时间也照样要过去的。

弗拉第米尔 是啊。但那就没那么快了。

略顿。

爱斯特拉贡 咱们现在干什么呢？

弗拉第米尔 我不知道。

爱斯特拉贡 咱们走吧。

弗拉第米尔 没法走啦。

爱斯特拉贡 为什么？

弗拉第米尔 咱们要等戈多。

爱斯特拉贡 哦，对了。

略顿。

弗拉第米尔 他们变得真厉害。

爱斯特拉贡 谁？

弗拉第米尔 那两个人。

爱斯特拉贡 是的，咱们聊点什么吧。

弗拉第米尔 他们变得真厉害，你没觉着吗？

爱斯特拉贡 这很可能。就只有咱们没怎么变。

弗拉第米尔 可能？这是千真万确的。你真的看见他们了？

爱斯特拉贡 你爱信不信。但是我不认识他们。

弗拉第米尔 不，你一定认识他们。

爱斯特拉贡 哦，不。

弗拉第米尔 我对你说吧，咱们认识他们。你全忘了。（略顿）除非那已经不是原先的他们俩了。

爱斯特拉贡 其证明，就是他们没有认出咱们来。

弗拉第米尔 这话就等于没有说。我也是，我也假装没有认出他们来。再说，咱们，人们从来就认不出咱们来。

爱斯特拉贡　够了。现在急需要的是——哎哟！（弗拉第米尔毫无反应）哎哟！

弗拉第米尔　除非那已经不是原先的他们俩了。

爱斯特拉贡　迪迪！是另外那只脚！

他一瘸一拐地走向幕启时他就坐在的地方。

幕后的声音　先生！

爱斯特拉贡停步。两个人都瞧着声音传来的方向。

弗拉第米尔　重又开始了。

爱斯特拉贡　过来，我的孩子。

一个男孩子上场，有些胆怯。他停下脚步。

男孩　哪位是阿尔贝先生？

弗拉第米尔　我是。

爱斯特拉贡　你想要什么？

弗拉第米尔　过来。

孩子没有动。

爱斯特拉贡　（大声地）过来，我叫你过来呢！

孩子胆怯地向前走，又停步。

弗拉第米尔　怎么回事？

男孩　是戈多先生——（欲言又止）

弗拉第米尔　显而易见。(略顿) 靠近些。

孩子胆怯地向前走,又停步。

爱斯特拉贡　(大声地) 靠近些,我叫你靠近些!(男孩胆怯地向前走,又停步) 你为什么来得这么晚?

弗拉第米尔　你是不是带来了戈多先生的信?

男孩　是的,先生。

弗拉第米尔　那好,你就说吧。

爱斯特拉贡　你为什么来得这么晚?

孩子来回地看着他们俩,不知道该回答谁的话。

弗拉第米尔　(对爱斯特拉贡) 你别老是吓唬他。

爱斯特拉贡　(对弗拉第米尔) 你别管我的事。(上前一步,对男孩) 你知道现在几点了吗?

男孩　(后退) 这不是我的错,先生!

爱斯特拉贡　照你这么说,难道还是我的错了?

男孩　我害怕,先生。

爱斯特拉贡　怕什么?怕我们吗?(略顿) 你回答呀!

弗拉第米尔　我看出是怎么回事啦,是别的人让他害怕。

爱斯特拉贡　你在这里待了多长时间啦?

男孩　有一会儿了,先生。

弗拉第米尔　你是害怕鞭子吗?

男孩　　　　是的,先生。

弗拉第米尔　还有叫喊?

男孩　　　　是的,先生。

弗拉第米尔　两位先生?

男孩　　　　是的,先生。

弗拉第米尔　你认识他们吗?

男孩　　　　不,先生。

弗拉第米尔　你是这里的人吗?

男孩　　　　是的,先生。

爱斯特拉贡　所有这一切,全都是他妈的谎言!(他抓住小男孩的胳膊,摇晃他)快跟我们说实话!

男孩　　　　(发抖)可是,我说的全都是实话,先生。

弗拉第米尔　可是,你别老这么吓唬他好不好?你是怎么啦?(爱斯特拉贡放开了男孩,后退一步,双手捂住脸。弗拉第米尔和小男孩瞧着他。爱斯特拉贡放下手,脸上的线条都扭曲了)你是怎么啦?

爱斯特拉贡　我真是不幸啊!

弗拉第米尔　别开玩笑了!从什么时候开始的?

爱斯特拉贡　我忘了。

弗拉第米尔　记忆又在捉弄我们了。(爱斯特拉贡欲言又止,一瘸一拐地走过去,坐了下来,开始脱鞋子。对小男孩)你说吧。

男孩 戈多先生……

弗拉第米尔 (打断他)我以前见过你,是不是?

男孩 我不知道,先生。

弗拉第米尔 你不认识我?

男孩 不认识,先生。

弗拉第米尔 你昨天没有来过?

男孩 没有,先生。

弗拉第米尔 你是第一次来的吗?

男孩 是的,先生。

沉默。

弗拉第米尔 说得不错。(略顿)好的,继续说下去。

男孩 (一口气)戈多先生对我说让我对你们说他今天晚上不来了但是他明天一定来。

弗拉第米尔 完了吗?

男孩 是的,先生。

弗拉第米尔 你是给戈多先生干活的?

男孩 是的,先生。

弗拉第米尔 你干什么活呢?

男孩　　　我放山羊,先生。

弗拉第米尔　他对你好吗?

男孩　　　是的,先生。

弗拉第米尔　他不打你吗?

男孩　　　不,先生,不打我。

弗拉第米尔　那他打谁呢?

男孩　　　他打我的弟弟,先生。

弗拉第米尔　啊,你有一个弟弟?

男孩　　　是的,先生。

弗拉第米尔　他是干什么的?

男孩　　　他放绵羊,先生。

弗拉第米尔　他为什么不打你呢?

男孩　　　我不知道,先生。

弗拉第米尔　他应该很喜欢你。

男孩　　　我不知道,先生。

弗拉第米尔　他给你的,够你吃饱吗?(小男孩犹豫)他给你的,还算好吗?

男孩　　　还算好,先生。

弗拉第米尔　那么,你快活吗?(小男孩犹豫)你听见我说的了吗?

男孩 听见了,先生。

弗拉第米尔 那么,你说呢?

男孩 我不知道,先生。

弗拉第米尔 你不知道你到底是快活还是不快活?

男孩 不知道,先生。

弗拉第米尔 就跟我一样。(略顿)你睡在什么地方?

男孩 在阁楼上,先生。

弗拉第米尔 跟你弟弟在一起吗?

男孩 是的,先生。

弗拉第米尔 在干草堆上?

男孩 是的,先生。

略顿。

弗拉第米尔 好的,你走吧。

男孩 我该怎样回戈多先生的话呢,先生?

弗拉第米尔 你就对他说……(他犹豫)你就对他说你见到我们了。(略顿)你真的见到我们了,不是吗?

男孩 是的,先生。

他后退,犹豫,转身,跑着下场。

灯光突然转暗。一时间里,天色变黑。月亮升起在舞台尽头,爬上了高天,一动不动,在舞台上洒下了银色的光芒。

弗拉第米尔 终于！（爱斯特拉贡站起来，走向弗拉第米尔，手里拎着两只鞋。他把鞋子放在脚灯跟前，直起身子，瞧着月亮）你在做什么？

爱斯特拉贡 我跟你一样，我在瞧苍白的月亮。

弗拉第米尔 我是说，拿你的鞋子做什么？

爱斯特拉贡 我把它们留在这里。（略顿）另一个人将会来到，跟我一样……一样……但是穿更小号的鞋子，那样，这双鞋子就可以给他带来欢乐了。

弗拉第米尔 可是，你不能赤脚走路啊。

爱斯特拉贡 耶稣就走过。

弗拉第米尔 耶稣！你在这故事里又要找什么东西！你总不会把你自己跟耶稣相比吧？

爱斯特拉贡 我这一辈子，我都在把自己跟耶稣相比。

弗拉第米尔 但是，那里的天气要很温热！很晴朗！

爱斯特拉贡 是的，而且他们很快就把他钉上了十字架。

沉默。

弗拉第米尔 这里，咱们没什么事情可做。

爱斯特拉贡 别的地方也一样。

弗拉第米尔 瞧瞧，戈戈，你可别这样。到明天，一切都将更好。

爱斯特拉贡 就这样?

弗拉第米尔 你没听见那小孩说的话吗?

爱斯特拉贡 没有。

弗拉第米尔 他说,戈多明天一定来。(略顿)你对这是怎么看的?

爱斯特拉贡 那么,我们就只有在这里等待了。

弗拉第米尔 你疯了!咱们得找个地方躲避一下。(他抓住爱斯特拉贡的胳膊)来吧。

他拉他。爱斯特拉贡一开始很顺从,后来抵抗起来。他们停下脚步。

爱斯特拉贡 (瞧着树)真遗憾,咱们没有带一根绳子来。

弗拉第米尔 来吧。天气开始变冷了。(他拉他。同前面一样的动作)

爱斯特拉贡 提醒我记着,明天带一根绳子来。

弗拉第米尔 好的。来吧。

他拉他。同前面一样的动作。

爱斯特拉贡 咱们已经有多少时间总是待在一起了?

弗拉第米尔 我不知道。兴许有五十年了吧。

爱斯特拉贡 你还记得我跳进迪朗斯河的那一天吗?

弗拉第米尔 咱们当时在摘葡萄。

爱斯特拉贡 你把我捞了上来。

弗拉第米尔 所有这一切都已经死了,埋进了坟墓。

爱斯特拉贡 我的衣服在太阳底下晒干。

弗拉第米尔 别再想这些了,走。过来吧。

　　　　　　　同样的动作。

爱斯特拉贡 等一下。

弗拉第米尔 我冷。

爱斯特拉贡 我在想,要是咱们分开,各走各的路,是不是会更好。(略顿)咱们又不是生来非要走同一条路的。

弗拉第米尔 (并没有生气)那可说不定。

爱斯特拉贡 对,所有事情都是说不定的。

弗拉第米尔 假如你认为最好还是分手的话,咱们总可以分手的。

爱斯特拉贡 现在再也没有这个必要了。

　　　　　　　沉默。

弗拉第米尔 没错,现在再也不会有这个必要了。

　　　　　　　沉默。

爱斯特拉贡 那么,咱们走吧?

弗拉第米尔　咱们走。

　　他们并没有动。

　　　　　落幕

第二幕

EN ATTENDANT GODOT
by Samuel Beckett

次日。同样的时间。同样的地点。

爱斯特拉贡的鞋子放在靠近脚灯的地方,鞋跟并拢,鞋尖分开。幸运儿的帽子也放在那里。

树上长了几片叶子。

弗拉第米尔上场,很激动。他停住脚步,盯着那棵树瞧了好一会儿。然后突然开始在舞台上激动地来回踱步,朝各个方向乱走。他又在鞋子前停住不动,弯下腰,捡起一只鞋子,看了看,闻了闻,又小心翼翼地把它放回原来的地方。继续他那匆匆忙忙的踱步。他在右边的侧幕旁停住,手搭在眼睛前,长久地望着远方。来回踱步。又在左边的侧幕旁停住,做同样的动作。来回踱步。突然停步,双手交叉在胸前,脑袋往后一仰,开始尖声尖气地唱起歌来。

弗拉第米尔

一条狗跑……

由于开始起的调太低,他停下来,咳嗽,又重新以高调唱:

一条狗跑到厨房
叼走了一根香肠。
厨师用一把汤勺
打得它灵魂出窍。
别的狗见了很悲伤
赶紧挖坟把它埋葬……

他停下来,沉思了一下,又唱起来:

别的狗见了很悲伤
赶紧挖坟把它埋葬……
白木十字架底下
过路人能够读到:
一条狗跑到厨房
叼走了一根香肠。
厨师用一把汤勺
打得它灵魂出窍。
别的狗见了很悲伤
赶紧挖坟把它埋葬……

他停下来,同样的动作。

别的狗见了很悲伤
赶紧挖坟把它埋葬……

他停下来,同样的动作。唱的声音更低了。

赶紧挖坟把它埋葬……

他闭嘴，好一阵子一动都不动，然后又重新迈开脚步在舞台上来回胡乱地踱步。他又在树前停下，来回走动，在鞋子前面停下，来回走动，跑到左边的侧幕旁，望着远方，又跑到右边的侧幕旁，望着远方。这时候，爱斯特拉贡从左边的侧幕后上场，脚上没穿鞋，低着脑袋，慢慢地穿越舞台。弗拉第米尔转过身来，发现了他。

弗拉第米尔 又见到你啦！（爱斯特拉贡停下脚步，但没有抬起脑袋。弗拉第米尔走向他）来吧，让我拥抱你一下！

爱斯特拉贡 别碰我！

弗拉第米尔的动作停在了半途，很别扭。沉默。

弗拉第米尔 你是不是要我走开啊？（略顿）戈戈！（略顿。弗拉第米尔仔细地打量他）有人打你啦？（略顿）戈戈！（爱斯特拉贡始终闭着嘴，低着脑袋）你在哪里过的夜？

沉默。弗拉第米尔走上前。

爱斯特拉贡　别碰我！什么都别问我！什么都别问我！留下来跟我待在一起！

弗拉第米尔　难道我曾经离开过你吗？

爱斯特拉贡　你曾让我一个人走了。

弗拉第米尔　看着我！（爱斯特拉贡没有动。以一种雷鸣般的声音）看着我，我跟你说了！

爱斯特拉贡抬起脑袋。他们彼此对视了很久，同时一会儿后退，一会儿前进，一会儿歪着脑袋，仿佛面对着一件艺术品，彼此颤巍巍地越走越近，然后，突然抱在了一起，彼此拍着对方的背。拥抱完毕。爱斯特拉贡没有站稳，差点儿摔倒。

爱斯特拉贡　又一个非同一般的日子！

弗拉第米尔　谁揍你了？快对我说。

爱斯特拉贡　瞧这天，又是一天过去了。

弗拉第米尔　还没有呢。

爱斯特拉贡　对我来说，它已经结束了，不管发生什么事。（沉默）刚才，你在唱歌的时候，我都听见了。

弗拉第米尔　没错，我记起来了。

爱斯特拉贡　这让我非常伤心。我在心里说，他很孤独，他以为我一去就不复返了,于是,他就唱了这首歌。

弗拉第米尔 自己的心情是好还是坏,你是做不了主的。整整一天里,我都觉得我处在一种极好的状态中。(略顿)我夜里根本就没有起来过,连一次都没有。

爱斯特拉贡 (忧伤地)你瞧,当我不在你跟前的时候,你尿得更好。

弗拉第米尔 我很想你——但同时,我又很高兴。这真是奇怪,不是吗?

爱斯特拉贡 (有些不开心)很高兴。

弗拉第米尔 (想了想)也许用词不当。

爱斯特拉贡 那么现在呢?

弗拉第米尔 (考虑了一会儿)现在嘛……(开心)你又在这里啦……(漠然)我们又在这里啦……(忧伤)我又在这里啦。

爱斯特拉贡 你瞧,当我在这里的时候,你的感觉就不那么好了。我也是,我独自一人的时候感觉要更好些。

弗拉第米尔 (有些生气)那么,你为什么还要回来呢?

爱斯特拉贡　我不知道。

弗拉第米尔　你不知道,可我知道。因为你不知道如何自卫。而要是我在,我是决不会让你挨打的。

爱斯特拉贡　要是你在,你恐怕也无法阻止这事。

弗拉第米尔　为什么?

爱斯特拉贡　他们一共有十个人。

弗拉第米尔　不是的,我说的是,我会阻止你惹是生非,白白送出去挨打。

爱斯特拉贡　我什么都没干。

弗拉第米尔　那他们为什么还要打你?

爱斯特拉贡　我不知道。

弗拉第米尔　不,你瞧,戈戈,有些事情你力所不能及可我力所能及。你应该明白这一点。

爱斯特拉贡　我对你说我什么都没干。

弗拉第米尔　兴许你是没有干。但是,凡事都有其方式,凡事都有其方式,假如人们贪生怕死的话。好了,我们不再说这些了。你现在回来了,我心里实在很高兴。

爱斯特拉贡　他们一共十个人。

弗拉第米尔　你也是,你应该很高兴,在心底里,你得承认。

爱斯特拉贡　高兴什么呀?

弗拉第米尔　又见到我了。

爱斯特拉贡　你以为呢?

弗拉第米尔　就这样对我说,即便实际上不是那样的。

爱斯特拉贡　我应该说什么呢?

弗拉第米尔　就说,我很高兴。

爱斯特拉贡　我很高兴。

弗拉第米尔　我也一样。

爱斯特拉贡　我也一样。

弗拉第米尔　我们很高兴。

爱斯特拉贡　我们很高兴。(沉默)既然我们现在很高兴,那我们做什么呢?

弗拉第米尔　我们等待戈多。

爱斯特拉贡　没错。

　　　　　　　沉默。

弗拉第米尔　从昨天起,这里有了新的情况。

爱斯特拉贡　假如他不来呢?

弗拉第米尔　(一下子没有听明白,然后)我们走着瞧吧。(略顿)我对你说了,从昨天起,这里有了新的情况。

爱斯特拉贡 一切都在慢慢渗出。

弗拉第米尔 你给我看这棵树。

爱斯特拉贡 人们不能两次流下同样的脓。

弗拉第米尔 我说的是树,我对你说,看这棵树。

　　　　　爱斯特拉贡看树。

爱斯特拉贡 它昨天不在那里吗?

弗拉第米尔 当然在。你怎么不记得了?我们就差找一根头发在那里上吊呢。(他思索)是的,我——们——就——差——在——那——里——上——吊——了。但是你不愿意。你不记得了吗?

爱斯特拉贡 你是做梦看见的吧。

弗拉第米尔 你居然忘了,这难道可能吗?

爱斯特拉贡 我就是这样的,要么我马上就忘了,要么我一辈子都不忘。

弗拉第米尔 那波卓和幸运儿,你也忘了他们吗?

爱斯特拉贡 波卓和幸运儿?

弗拉第米尔 他全都忘了。

爱斯特拉贡 我记得有一个疯疯癫癫的家伙使劲地用脚踢我。然后,他傻乎乎地干了蠢事。

弗拉第米尔 那就是幸运儿。

爱斯特拉贡　　这个,我记起来了。但那是什么时候的事呢?

弗拉第米尔　　还有另一个人,牵着他来的,你回想起来了吗?

爱斯特拉贡　　他给了我一些鸡骨头。

弗拉第米尔　　那就是波卓!

爱斯特拉贡　　你说那都是昨天的事情,所有这一切?

弗拉第米尔　　当然啦。

爱斯特拉贡　　发生在这地方?

弗拉第米尔　　当然是这样的啦!你难道认不出来了?

爱斯特拉贡　　(突然愤怒起来)认不出来!有什么东西还可以认出来呢?我他妈的一辈子在沙漠中央滚来滚去,而你却要我辨别细微的色彩!(环顾四周)给我瞧一瞧这肮脏的鬼地方!我这一辈子连一步都没有离开过!

弗拉第米尔　　安静一点,安静一点。

爱斯特拉贡　　让你的那些景色全都见鬼去吧!给我讲一讲地下世界!

弗拉第米尔　　无论如何,你总不至于对我说,这(做手势)跟沃克吕兹[①]很像吧!两者之间毕竟有很大

---

① 沃克吕兹是法国的一个省,在南方。

的区别。

爱斯特拉贡 沃克吕兹！谁对你说了沃克吕兹？

弗拉第米尔 可是，你不是曾在沃克吕兹住过吗？

爱斯特拉贡 没有，我从来就没有在沃克吕兹待过！我对你说，我整个花柳病的一生，全都是在这里度过的！在这里！在这臭大粪的克吕兹！

弗拉第米尔 然而，我们曾经一起在沃克吕兹的，我敢把我的手放在火上。①我们在那里摘过葡萄，对了，住在一个姓波奈利的人家里，在鲁西永②。

爱斯特拉贡 （稍微平静了些）有可能。我什么都没有注意到。

弗拉第米尔 但那里，一切都是红色的！

爱斯特拉贡 （生气）我什么都没有注意到，我对你说了！

沉默。弗拉第米尔深深地叹了一口气。

弗拉第米尔 戈戈，你可真是难相处啊。

爱斯特拉贡 那我们最好还是分手。

弗拉第米尔 你总是动不动就说这话。而每一次你总是回心转意。

---

① 意思是敢于发誓。
② 鲁西永是法国一地，但不在沃克吕兹。

沉默。

爱斯特拉贡 要么干脆就把我给杀了，像别人那样。

弗拉第米尔 哪一个别人？（略顿）哪一个别人？

爱斯特拉贡 像千千万万别的人那样。

弗拉第米尔 （仿佛要用警句教训人）各人各有其小小的十字架。（他叹气）挂上小小的佩剑，敕书在后。

爱斯特拉贡 趁着时间还早，我们不妨平心静气地聊聊天，既然我们做不到闭嘴不说。

弗拉第米尔 没错，我们真是滔滔不绝。

爱斯特拉贡 这是为了不去想。

弗拉第米尔 我们总是有借口。

爱斯特拉贡 这是为了不去听。

弗拉第米尔 我们自有我们的理。

爱斯特拉贡 所有死了的嗓音。

弗拉第米尔 构成一种翅膀的声音。

爱斯特拉贡 树叶的。

弗拉第米尔 沙土的。

爱斯特拉贡 树叶的。

沉默。

弗拉第米尔 它们全都同时说话。

爱斯特拉贡　各自发各自的声音。

　　　　　　沉默。

弗拉第米尔　还不如说,它们在喃喃出声。

爱斯特拉贡　它们窃窃私语。

弗拉第米尔　它们沙沙作响。

爱斯特拉贡　它们窃窃私语。

　　　　　　沉默。

弗拉第米尔　它们在说什么?

爱斯特拉贡　它们谈到了它们的生活。

弗拉第米尔　它们不满足于仅仅生活过。

爱斯特拉贡　它们还要谈一谈它。

弗拉第米尔　它们不满足于仅仅走向死亡。

爱斯特拉贡　这是不够的。

　　　　　　沉默。

弗拉第米尔　它们发出羽毛一样的声音。

爱斯特拉贡　树叶的。

弗拉第米尔　灰烬的。

爱斯特拉贡　树叶的。

　　　　　　久久的沉默。

弗拉第米尔　请说话!

爱斯特拉贡　我在找词呢。

久久的沉默。

弗拉第米尔　（焦虑地）随便说些什么！

爱斯特拉贡　我们现在做什么?

弗拉第米尔　我们等待戈多。

爱斯特拉贡　没错。

沉默。

弗拉第米尔　这可真难啊！

爱斯特拉贡　你唱个歌怎么样?

弗拉第米尔　不，不，（他寻找着什么）我们只需要重新开始就成。

爱斯特拉贡　依我看来，这并不太难，确实。

弗拉第米尔　万事开头难。

爱斯特拉贡　我们可以从随便什么东西开始。

弗拉第米尔　是的，但是必须做出决定。

爱斯特拉贡　没错。

沉默。

弗拉第米尔　帮我一个忙。

爱斯特拉贡　我在寻找呢。

沉默。

弗拉第米尔　当我们寻找时,我们听见。

爱斯特拉贡　没错。

弗拉第米尔　这就妨碍了寻找。

爱斯特拉贡　正是。

弗拉第米尔　这就妨碍了思索。

爱斯特拉贡　照样可以思索。

弗拉第米尔　哦不,不可能。

爱斯特拉贡　正因为如此,我们陷入了矛盾中。

弗拉第米尔　不可能。

爱斯特拉贡　你认为是这样吗?

弗拉第米尔　我们不必冒险思索了。

爱斯特拉贡　那么,我们又该抱怨什么呢?

弗拉第米尔　思索,那可不是最糟糕的。

爱斯特拉贡　当然,当然,但这已经是这样了。

弗拉第米尔　怎么,已经是这样了吗?

爱斯特拉贡　是这样的,我们互相提问题吧。

弗拉第米尔　你说已经是这样了,是想说什么呢?

爱斯特拉贡　至少,已经是这样了。

弗拉第米尔　显然。

爱斯特拉贡　那么,假如我们自认为幸福呢?

弗拉第米尔　最可怕的是，是思索。

爱斯特拉贡　但是，我们曾经有过那样的事情吗？

弗拉第米尔　所有那些尸体是从哪里来的？

爱斯特拉贡　那些白骨。

弗拉第米尔　正是。

爱斯特拉贡　显然。

弗拉第米尔　我们肯定思考过了一点。

爱斯特拉贡　完全在一开始。

弗拉第米尔　一个尸骨堆，一个尸骨堆。

爱斯特拉贡　只要不去看它就成。

弗拉第米尔　它实在太吸引眼球了。

爱斯特拉贡　没错。

弗拉第米尔　尽管已经尽了力。

爱斯特拉贡　你说什么？

弗拉第米尔　尽管已经尽了力。

爱斯特拉贡　倒是应该坚决地转向大自然。

弗拉第米尔　我们已经尝试了。

爱斯特拉贡　没错。

弗拉第米尔　哦，当然，这还不是最糟的。

爱斯特拉贡　什么不是最糟的？

弗拉第米尔　思考。

爱斯特拉贡　显然。

弗拉第米尔　但是，我们不思考也能凑合着过。

爱斯特拉贡　你又能怎么着？

弗拉第米尔　我知道，我知道。

沉默。

爱斯特拉贡　像这样海阔天空地神聊，倒还真是不错。

弗拉第米尔　是啊，但是现在，就该找一点其他什么话题了。

爱斯特拉贡　让我们来想一想。

弗拉第米尔　想一想。

爱斯特拉贡　想一想。

他们思索。

弗拉第米尔　我刚才说什么来着？我们可以从那里继续谈起。

爱斯特拉贡　什么时候？

弗拉第米尔　完全在一开头。

爱斯特拉贡　什么的一开头？

弗拉第米尔　今天晚上，我说过……我说过……

爱斯特拉贡　我的天，这个嘛，你可是问我问得太多了。

弗拉第米尔　等一下……我们拥抱……我们很高兴……高兴……既然我们高兴了那么我们干什么……我

们等待……瞧瞧……想起来了……我们等待……既然我们很高兴……我们就等待……瞧瞧……啊！树！

爱斯特拉贡 树？

弗拉第米尔 你不记得了？

爱斯特拉贡 我累了。

弗拉第米尔 瞧着它。

爱斯特拉贡瞧着树。

爱斯特拉贡 我什么都没看到。

弗拉第米尔 但是，昨天晚上它是光秃秃的，黑沉沉的！可今天，它上面有了叶子。

爱斯特拉贡 叶子？

弗拉第米尔 仅仅一晚上工夫！

爱斯特拉贡 我们应该是在春天。

弗拉第米尔 但是仅仅一晚上的工夫！

爱斯特拉贡 我对你说，昨天晚上我们没有来这里。你是做梦梦见的。

弗拉第米尔 那照你说来，我们昨天晚上在哪里？

爱斯特拉贡 我不知道。别的地方。在另外一个包间里。这世界上从不缺少空闲的地方。

弗拉第米尔 （对自己很有把握）好吧。就算昨天晚上我们不在这里。那么现在我问你，昨天晚上我们干了些什么？

爱斯特拉贡 我们干了些什么？

弗拉第米尔 试着回想一下。

爱斯特拉贡 这个嘛……我们一定是聊天来着。

弗拉第米尔 （控制住自己）聊些什么来着？

爱斯特拉贡 噢……东拉西扯，鸡毛蒜皮，关于靴子。（有把握地）对了，我想起来了，昨天晚上，我们聊到了靴子。这都持续了有半个世纪了。

弗拉第米尔 你连一点儿的事实、一点儿的背景都想不起来了吗？

爱斯特拉贡 （厌倦地）别折磨我了，迪迪。

弗拉第米尔 太阳？月亮？你还没有回想起来吗？

爱斯特拉贡 跟往常一样，它们应该在话题中。

弗拉第米尔 你没有注意到任何反常的东西吗？

爱斯特拉贡 可惜啊。

弗拉第米尔 还有波卓呢？还有幸运儿呢？

爱斯特拉贡 波卓？

弗拉第米尔 骨头。

爱斯特拉贡　简直可以说是鱼刺。

弗拉第米尔　那是波卓给你的。

爱斯特拉贡　我不知道。

弗拉第米尔　还有人脚踢你呢?

爱斯特拉贡　脚踢我?没错,是有人用脚狠狠地踢我。

弗拉第米尔　那是幸运儿踢的你。

爱斯特拉贡　所有这一切,都是发生在昨天吗?

弗拉第米尔　让我看看你的腿。

爱斯特拉贡　哪条腿?

弗拉第米尔　两条腿。拉起你的裤腿来。(爱斯特拉贡单脚独立,把另一条腿伸给弗拉第米尔看,没站稳,差点儿摔倒。弗拉第米尔抓住他的腿。爱斯特拉贡摇晃着)拉起你的裤腿来。

爱斯特拉贡　我做不到。

　　　　　　弗拉第米尔拉起他的裤腿,瞧着他的腿,松开。爱斯特拉贡差点儿摔倒。

弗拉第米尔　另一条。(爱斯特拉贡伸出了同一条腿)另一条,我跟你说了!(同样的动作,伸出了另一条腿)伤口已经开始发炎了!

爱斯特拉贡　那该怎么办呢?

弗拉第米尔　你的鞋子呢？

爱斯特拉贡　我可能把它们给扔了。

弗拉第米尔　什么时候？

爱斯特拉贡　我不知道。

弗拉第米尔　为什么？

爱斯特拉贡　我不记得了。

弗拉第米尔　不，我说的是，你为什么把它们给扔了？

爱斯特拉贡　它们把我的脚弄疼了。

弗拉第米尔　（指着那双鞋）在那儿呢！（爱斯特拉贡瞧着那双鞋）就放在昨天晚上你把它们搁下的地方。

　　　　　　　爱斯特拉贡走向那双鞋，俯下身子，细细地打量它们。

爱斯特拉贡　这不是我的鞋。

弗拉第米尔　更不是我的！

爱斯特拉贡　我的那双鞋是黑的。这一双是黄的。

弗拉第米尔　你敢肯定你的鞋是黑的吗？

爱斯特拉贡　就是说它们是灰的。

弗拉第米尔　而这一双是黄的吗？拿来给我看看。

爱斯特拉贡　（拎起一只鞋）哦，它们是绿的。

弗拉第米尔　（走上前）给我看看。（爱斯特拉贡把鞋递给他。弗拉第米尔瞧着它，愤怒地把它扔掉）竟然有这种事！

爱斯特拉贡 你瞧，所有这一切全都是……

弗拉第米尔 我知道是怎么回事了。是的，我知道发生了什么事了。

爱斯特拉贡 所有这一切全都是……

弗拉第米尔 简单得不能再简单了。有人来过这里，拿走了你的鞋，留下了他的鞋。

爱斯特拉贡 为什么？

弗拉第米尔 他的鞋不合脚。于是他拿走了你的鞋。

爱斯特拉贡 但是我的鞋实在太小了。

弗拉第米尔 对你来说太小了，对他来说却不小。

爱斯特拉贡 我累了。（略顿）我们走吧。

弗拉第米尔 我们走不了。

爱斯特拉贡 为什么？

弗拉第米尔 我们在等待戈多。

爱斯特拉贡 哦，对了。（略顿）那么怎么办呢？

弗拉第米尔 没什么可办的。

爱斯特拉贡 可是我，我已经受不了啦。

弗拉第米尔 你要一个红皮小萝卜吗？

爱斯特拉贡　就只有这个了吗?

弗拉第米尔　有小萝卜和水萝卜。

爱斯特拉贡　还有没有胡萝卜呢?

弗拉第米尔　没有。再说,你对你的胡萝卜也喜欢得太过分了吧。

爱斯特拉贡　那么,就给我一个小萝卜吧。(弗拉第米尔在他的兜里掏着,只找到一些水萝卜,最后,终于找出了一个小萝卜,把它递给爱斯特拉贡,后者仔细打量着小萝卜,还闻了闻)它是黑的!

弗拉第米尔　这是一个红皮小萝卜。

爱斯特拉贡　我只喜欢粉红色的,这你知道得很清楚!

弗拉第米尔　那么,你是不要它了?

爱斯特拉贡　我只喜欢粉红色的。

弗拉第米尔　那么,把它还给我。

爱斯特拉贡把它还给他。

爱斯特拉贡　我去找个胡萝卜吧。

他没有动。

弗拉第米尔　这真的变得没有意义了。

爱斯特拉贡　还远远不够呢。

沉默。

弗拉第米尔　你要不要试一试。

爱斯特拉贡　我已经全都试过了。

弗拉第米尔　我说的是，试试鞋子。

爱斯特拉贡　你觉得值得一试吗？

弗拉第米尔　这可以消磨时光。（爱斯特拉贡犹豫着）我向你担保，这将是一种消遣。

爱斯特拉贡　一种放松。

弗拉第米尔　一种娱乐。

爱斯特拉贡　一种放松。

弗拉第米尔　试试吧。

爱斯特拉贡　你能帮帮我吗？

弗拉第米尔　当然可以。

爱斯特拉贡　我们两个人一起，我们好在对付得还不算太坏，啊，迪迪，你说是不是？

弗拉第米尔　当然是的，当然是的。来吧，我们先来试试左脚。

爱斯特拉贡　我们总是能找到什么东西，啊，迪迪，来给我们一种活在世界上的感觉，你说是不是？

弗拉第米尔　（不耐烦地）当然是的，当然是的，我们都是魔法师。但是，趁着我们还没有忘记，赶紧把我们已经决定的兑现了吧。(他捡起一只鞋子)来吧,伸出你的脚来。(爱斯特拉贡靠近他身边,抬起一只脚)另一只,猪猡!(爱斯特拉贡抬起另一只脚)再高一点!(他们的身体纠缠在一起,在舞台上踉踉跄跄。弗拉第米尔终于成功地为他穿上了鞋)试着走两步。(爱斯特拉贡走)怎么样?

爱斯特拉贡 很合脚。

弗拉第米尔 (从他的衣兜里拿出一根细绳)我们来给它系上鞋带。

爱斯特拉贡 (激烈地)不,不,不要鞋带,不要鞋带!

弗拉第米尔 你错了。我们来试试另一只脚。(同样的动作)怎么样?

爱斯特拉贡 一样很合脚。

弗拉第米尔 脚不疼吗?

爱斯特拉贡 (故意使劲地走了几步)这会儿还不疼。

弗拉第米尔 那么,你就把它们留下穿吧。

爱斯特拉贡 它们太大了。

弗拉第米尔 将来有一天,你也许还得穿上袜子呢,那样就好了。

爱斯特拉贡 这倒没错。

弗拉第米尔 那么,你把它们给留下了。

爱斯特拉贡 这双鞋子,我们已经谈得够多了。

弗拉第米尔 是的,但是……

爱斯特拉贡 够了!(沉默)我还是得坐下来。

他四下里张望,想找一个地方坐下来,然后,他坐在了第一幕一开始他就坐在的那个地方。

弗拉第米尔 那是你昨天晚上坐过的地方。

沉默。

爱斯特拉贡 我不知道能不能睡一觉。

弗拉第米尔 昨天晚上你就睡了一觉。

爱斯特拉贡 我来试一试。

他摆了一个骑马蹲裆的姿势,脑袋夹在大腿之间。

弗拉第米尔 等一等。(他走近爱斯特拉贡,开始高声地唱起来)

宝宝宝宝

爱斯特拉贡 (抬起脑袋)别唱那么响。

弗拉第米尔 （不那么响了）

宝宝宝宝

宝宝宝宝

宝宝宝宝

宝宝……

爱斯特拉贡睡着了。弗拉第米尔脱下自己的上衣，为他盖在肩膀上，然后一边来回地踱步，一边晃动着胳膊取暖。爱斯特拉贡惊醒过来，站起来，惊慌地走了几步。弗拉第米尔朝他跑过来，把他抱在怀里。

弗拉第米尔 来啦……来啦……我在这儿呢……别害怕。

爱斯特拉贡 啊！

弗拉第米尔 来啦……来啦……没事啦。

爱斯特拉贡 我摔了下来。

弗拉第米尔 没事啦。不要再去想它啦。

爱斯特拉贡 我从一个屋顶上……

弗拉第米尔 不，不，什么都别说了。来吧，我们稍稍走一会儿。

> 他扶着爱斯特拉贡的胳膊，让他来回踱步，一直到爱斯特拉贡拒绝走得更远。

爱斯特拉贡 够了！我走累了。

弗拉第米尔 你更喜欢傻乎乎地待在这里，什么事都不干吗？

爱斯特拉贡 是的。

弗拉第米尔 那就随你的便好了。

> 他松开爱斯特拉贡，捡走他的上衣，重新穿在身上。

爱斯特拉贡 我们走吧。

弗拉第米尔 我们走不了。

爱斯特拉贡 为什么？

弗拉第米尔 我们在等待戈多。

爱斯特拉贡 哦，对了。（弗拉第米尔又继续来回踱步）你能不能安安静静地待一会儿？

弗拉第米尔 我冷。

爱斯特拉贡 我们来得太早了。

弗拉第米尔 总是在夜幕快降临的时刻。

爱斯特拉贡 但是夜幕总不降临。

弗拉第米尔 它会一下子就降临的，就像昨天晚上那样。

爱斯特拉贡 然后天就黑了。

弗拉第米尔 我们就能够走了。

爱斯特拉贡 然后，天就又亮了。(略顿)咱们干什么呢？咱们干什么呢？

弗拉第米尔 (停住脚步，恶狠狠地)你别唠唠叨叨地抱怨了，有完没完了？你的呻吟都已经砸了我的脚了。

爱斯特拉贡 我走啦。

弗拉第米尔 (发现了幸运儿的帽子)瞧！

爱斯特拉贡 再见。

弗拉第米尔 幸运儿的帽子！(他靠近它)我们在这里都已经有一个钟头了，可我一直都没有看到它！(很高兴)好极了！

爱斯特拉贡 你再也见不到我了。

弗拉第米尔 这么说，我没有弄错地方。我们这下子可就放心了。(他捡起幸运儿的帽子，仔细打量，把它拉直)这应该是一顶很漂亮的帽子。(他把它戴在自己头上，摘下自己的帽子，递给爱斯特拉贡)喏。

爱斯特拉贡 什么？

弗拉第米尔 给我拿着。

爱斯特拉贡接过弗拉第米尔的帽子。弗拉第米尔用两只手在自己头上整着幸运儿的帽子。爱斯特拉贡戴上弗拉第米尔的帽子,把自己的帽子摘下来递给弗拉第米尔。弗拉第米尔接过爱斯特拉贡的帽子。爱斯特拉贡用两只手在自己头上整着弗拉第米尔的帽子。弗拉第米尔戴上爱斯特拉贡的帽子,摘下那顶幸运儿的帽子,把它递给爱斯特拉贡。爱斯特拉贡接过幸运儿的帽子,弗拉第米尔用两只手在自己头上整着爱斯特拉贡的帽子。爱斯特拉贡戴上幸运儿的帽子,摘下那顶弗拉第米尔的帽子,把他递给弗拉第米尔。弗拉第米尔接过他自己的帽子。爱斯特拉贡两只手在自己头上整着幸运儿的帽子。弗拉第米尔戴上他自己的帽子,摘下那顶爱斯特拉贡的帽子,把它递给爱斯特拉贡。爱斯特拉贡接过他自己的帽子。弗拉第米尔用两只手在自己头上整着自己的帽子。爱斯特拉贡戴上自己的帽子,摘下那顶幸运儿的帽子,把它递给弗拉第米尔。弗拉第米尔接过幸运儿的帽子。爱斯特拉贡用两只手在自己头上整着自己的帽子。弗拉第米尔戴上幸运儿的帽子，摘下自己的帽子，递给爱斯特拉贡。爱斯特拉贡接过弗拉第米尔的帽子。弗拉第米尔用两只手在自己头上整着幸运儿的帽子。爱斯特拉贡递过弗拉第米尔的帽子给弗拉第米尔，弗拉第米尔接过帽子又递给爱斯特拉贡，爱斯特拉贡接过帽子又递给弗拉第米尔，弗拉第米尔接过帽子后扔掉。这一切，都在一种快速的运动中完成。

弗拉第米尔 我戴着它合适吗？

爱斯特拉贡 我不知道。

弗拉第米尔 不，可我问的是，你觉得我戴着它怎么样？

他得意扬扬地把脑袋一左一右地来回转着，摆出一些模特儿的姿势。

爱斯特拉贡 丑陋得要命。

弗拉第米尔 但不比平常更丑吧？

爱斯特拉贡 一样丑陋。

弗拉第米尔 这么说，我可以留着它了。我自己的帽子戴着难受。（略顿）怎么说呢？（略顿）它摩擦我。

爱斯特拉贡 我走啦。

弗拉第米尔　你不愿意玩了?

爱斯特拉贡　玩什么?

弗拉第米尔　我们可以玩波卓和幸运儿的游戏。

爱斯特拉贡　不知道。

弗拉第米尔　我嘛,我来演幸运儿,你呢,你来演波卓。(他模仿幸运儿的行为举止,被沉重的行李压得身子下沉。爱斯特拉贡目瞪口呆地看着他)快来啊。

爱斯特拉贡　我该做些什么呢?

弗拉第米尔　骂我啊!

爱斯特拉贡　肮脏鬼!

弗拉第米尔　再厉害点!

爱斯特拉贡　臭狗屎!破烂货!

　　　　　　　弗拉第米尔上前,后退,身子下沉。

弗拉第米尔　对我说,让我思考。

爱斯特拉贡　什么?

弗拉第米尔　说啊,思考,猪猡!

爱斯特拉贡　思考吧,猪猡!

　　　　　　　沉默。

弗拉第米尔　我不能够!

爱斯特拉贡　　够了！

弗拉第米尔　　对我说，让我跳舞。

爱斯特拉贡　　我走啦。

弗拉第米尔　　跳舞吧，猪猡！（他原地扭动起身子。爱斯特拉贡急急忙忙下场）我不能够！（他抬起脑袋，发现爱斯特拉贡不在跟前了，发出一记尖厉的叫喊）戈戈！（沉默。他开始在舞台上踱步，几乎是在跑着。爱斯特拉贡急急忙忙上场，气喘吁吁，跑向弗拉第米尔。他们彼此离开只有几步远时都停住）你终于又回来啦！

爱斯特拉贡　　（喘气）我真倒霉！

弗拉第米尔　　你去哪里了？我还以为你一去就不回来了呢。

爱斯特拉贡　　一直跑到了山坡边上。有人来了。

弗拉第米尔　　谁？

爱斯特拉贡　　我不知道。

弗拉第米尔　　多少人？

爱斯特拉贡　　我不知道。

弗拉第米尔　　（胜利地）那是戈多！终于来了！（他激动万分地拥抱爱斯特拉贡）戈戈！那是戈多！我们得救啦！快去迎迎他！来吧！（他拖着爱斯特拉贡

走向侧幕。爱斯特拉贡抵抗着，挣扎着，脱出身来，跑着从舞台的另一边下场）戈戈！回来！（沉默。弗拉第米尔跑向爱斯特拉贡刚刚返回的那一边的侧幕，望着远方。爱斯特拉贡急急忙忙上场，跑向弗拉第米尔，后者正好转过身来）你重又回来啦！

爱斯特拉贡 我真倒霉。

弗拉第米尔 你走得远吗？

爱斯特拉贡 一直跑到了山坡边上。

弗拉第米尔 确实，我们是在一个高原上。毫无疑问，我们是处在一个高原上。

爱斯特拉贡 那边也有人来了。

弗拉第米尔 我们被包围了！（爱斯特拉贡惊恐地往后面跑，绊了一下脚，摔倒）傻瓜！那边没有出口。（弗拉第米尔过去把他扶起来，挽他走向前台。朝向观众做动作）那里没有人。你朝那里跑吧。快点。（他把他朝台底下推。爱斯特拉贡恐惧地往后退）你不能吗？我的天，这是可以理解的。瞧瞧。（他思索）那你就只有赶紧消失这一条路了。

爱斯特拉贡 哪儿?

弗拉第米尔 树后面。(爱斯特拉贡犹豫)快!到树后面去。(爱斯特拉贡跑去躲在了树后面,但是树太小,只能遮挡他的半个身子)别再动了!(爱斯特拉贡又从树后面出来)显而易见,这棵树对你来说一点儿都不管用。(对爱斯特拉贡)你是不是疯了?

爱斯特拉贡 (更为平静)我真是昏了头。(他难为情地低下脑袋)对不起!(他又自豪地抬起脑袋)结束了!现在,你瞧好吧。告诉我,我应该做什么。

弗拉第米尔 没什么可做的。

爱斯特拉贡 你,你过去,站到那里。(他拖着弗拉第米尔走向左边的侧幕,让他待在路中央,背对着舞台)待在这儿不要动,睁大眼睛好好看着。(他跑向另一边的侧幕。弗拉第米尔扭头瞧着他。爱斯特拉贡停下,望着远方,转过身来。两个人都扭过头来,你瞧着我,我瞧着你)背靠背,就像在过去的美好时代那样!(他们继续彼此对望了一会儿,然后,各自守望着各自的方向。长久的沉默)你没看到有什么东西过来吗?

弗拉第米尔 （扭过头来）什么？

爱斯特拉贡 （大声）你没看到有什么东西过来吗？

弗拉第米尔 没有。

爱斯特拉贡 我也没有。

      他们继续守望着。长久的沉默。

弗拉第米尔 你也许看错了吧。

爱斯特拉贡 （扭过头来）什么？

弗拉第米尔 （大声）你也许看错了吧。

爱斯特拉贡 别叫喊。

      他们继续守望着。长久的沉默。

弗拉第米尔，爱斯特拉贡 （同时转过身来）难道……

弗拉第米尔 哦，对不起！

爱斯特拉贡 你说吧，我听着。

弗拉第米尔 不，你先说！

爱斯特拉贡 不，你先说！

弗拉第米尔 我打断你了。

爱斯特拉贡 正相反，是我打断你了。

      他们彼此怒目而视。

弗拉第米尔 瞧瞧，一会儿都不客气。

爱斯特拉贡 你别那么固执了，瞧瞧。

弗拉第米尔	（使劲地）你把话说完，我跟你说了！
爱斯特拉贡	（同样地）你把话说完。
	沉默。他们彼此朝对方走去，又停下来。
弗拉第米尔	窝囊废！
爱斯特拉贡	好吧，我们来对骂好了。（彼此对骂了好一阵）现在，我们和解吧。
弗拉第米尔	戈戈！
爱斯特拉贡	迪迪！
弗拉第米尔	你的手！
爱斯特拉贡	在这里！
弗拉第米尔	到我的怀里来！
爱斯特拉贡	你的怀里？
弗拉第米尔	（伸开双臂）这里头！
爱斯特拉贡	我们来吧。
	他们拥抱。沉默。
弗拉第米尔	当我们闹着玩的时候，时间过得真快啊！
	沉默。
爱斯特拉贡	我们现在做些什么呢？
弗拉第米尔	一边等待。
爱斯特拉贡	一边等待。

沉默。

弗拉第米尔 我们来做体操怎么样?

爱斯特拉贡 我们的运动。

弗拉第米尔 柔软运动。

爱斯特拉贡 放松运动。

弗拉第米尔 旋转运动。

爱斯特拉贡 放松运动。

弗拉第米尔 好让我们暖和暖和。

爱斯特拉贡 好让我们平静平静。

弗拉第米尔 我们来吧。

他开始跳跃。爱斯特拉贡模仿他的动作。

爱斯特拉贡 (停止)够了。我累了。

弗拉第米尔 (停止)我们的身体不太舒服。不过,我们还是做一点儿深呼吸吧。

爱斯特拉贡 我都喘不过气来了。

弗拉第米尔 你说得对。(略停)我们还是拿一会儿大顶吧,做个平衡。

爱斯特拉贡 拿大顶?

弗拉第米尔跟跟跄跄地拿大顶。

弗拉第米尔 (停下来)你来吧。

爱斯特拉贡跟跟跄跄地拿大顶。

爱斯特拉贡 你以为上帝能看见我吗？

弗拉第米尔 必须闭上眼睛。

爱斯特拉贡闭上眼睛，跟跄得更加厉害了。

爱斯特拉贡 （停下来，挥舞着拳头，尖声尖气地）上帝啊，请怜悯我吧！

弗拉第米尔 （急忙地）那么我呢？

爱斯特拉贡 （同样地）怜悯我！怜悯我！怜悯我！请怜悯我吧！

波卓和幸运儿上场。波卓已经变成了瞎子。幸运儿跟第一幕那样负担着很重的东西。也跟第一幕那样拴了一根绳子，但绳子短多了，这样波卓就可以更方便地跟随。幸运儿戴了一顶新帽子。见到弗拉第米尔和爱斯特拉贡时，他停住脚步。波卓继续走着路，结果撞到了他的身上。弗拉第米尔和爱斯特拉贡连忙后退。

波卓 （一下子攥住了幸运儿，幸运儿在这新的重量的压载下摇晃了起来）出了什么事？谁在叫嚷？

幸运儿倒下，松开了手上的东西，结果把波卓也给拽倒了。他们躺在了行李中间，没有动作。

爱斯特拉贡　是戈多吗?

弗拉第米尔　来得正是时候。(他走向那撒了一地的行李,爱斯特拉贡跟在他身后)援兵终于来了!

波卓　(失声地)救命啊!

爱斯特拉贡　是戈多吗?

弗拉第米尔　我们都已经开始有些撑不住了。而现在,我们的这个晚上肯定有保障了。

波卓　救救我!

爱斯特拉贡　他在喊救命。

弗拉第米尔　我们不再是孤孤单单的,等待着黑夜,等待着戈多,等待着——等待。整个晚上,我们都在以我们特有的方式奋斗着、奉献着。现在,这一切结束了。我们已经到了明天。

波卓　救救我!

弗拉第米尔　时间已经悄然逝去。太阳将落下山,月亮将升上来,我们将出发——离开这里。

波卓　怜悯我吧!

弗拉第米尔　可怜的波卓!

爱斯特拉贡　我早知道是他。

弗拉第米尔　谁?

爱斯特拉贡 戈多。

弗拉第米尔 可是,他不是戈多。

爱斯特拉贡 不是戈多?

弗拉第米尔 不是戈多。

爱斯特拉贡 那么是谁?

弗拉第米尔 是波卓。

波卓 是我!是我!快把我扶起来!

弗拉第米尔 他没办法自己站起来。

爱斯特拉贡 我们走吧。

弗拉第米尔 我们不能走。

爱斯特拉贡 为什么?

弗拉第米尔 我们在等待戈多。

爱斯特拉贡 没错。

弗拉第米尔 也许他还有几根骨头给你。

爱斯特拉贡 骨头?

弗拉第米尔 鸡骨头。你都不记得啦?

爱斯特拉贡 那是他吗?

弗拉第米尔 是啊。

爱斯特拉贡 问问他。

弗拉第米尔 我们是不是先帮他一下?

爱斯特拉贡　帮他什么？

弗拉第米尔　帮他站起来。

爱斯特拉贡　他不能自己站起来吗？

弗拉第米尔　他倒想自己站起来。

爱斯特拉贡　那么，就让他自己站起来好了。

弗拉第米尔　他不能。

爱斯特拉贡　他怎么啦？

弗拉第米尔　我不知道。

　　　　　　　波卓扭动着，呻吟着，用拳头捶打着地面。

爱斯特拉贡　我们是不是先问他要骨头？然后，他要是拒绝的话，我们就不管他，让他躺在地上好了。

弗拉第米尔　你是说，他现在就得听我们的摆布了？

爱斯特拉贡　是啊。

弗拉第米尔　那么，我们要是给他一点点帮助，就应该先跟他讲条件了？

爱斯特拉贡　是啊。

弗拉第米尔　确实，这倒是很聪明的做法。但是，我担心一件事。

爱斯特拉贡　担心什么？

弗拉第米尔　担心幸运儿会一下子上来，突然插上一杠。那样的话，我们可就吃瘪了。

爱斯特拉贡　幸运儿？

弗拉第米尔　就是昨天攻击你的那个人。

爱斯特拉贡　我跟你说，他们共有十个人。

弗拉第米尔　哦不，在那之前，就是踢了你好几脚的那个人。

爱斯特拉贡　他在这儿吗？

弗拉第米尔　可不是吗，瞧。（手势）眼下，他毫无生气。但是，他随时随地都可能突然爆发。

爱斯特拉贡　咱们俩一起上去，狠狠地教训他一顿怎么样？

弗拉第米尔　你是说，趁他还躺在那里睡觉，咱们就扑上去揍他？

爱斯特拉贡　对呀。

弗拉第米尔　这是个不错的主意。但是，咱们干得了吗？他是不是真的睡着了？（略顿）不，最好还是趁着波卓喊救命的时候，过去帮他一把，这样可以博得他的感激。

爱斯特拉贡　但是，他不……

弗拉第米尔　不要再以无谓的争论来浪费我们的时间了。（略顿。激烈地）让我们做点什么事情吧，趁着这送上门来的好机会！人们不是每一天都需要我们的，说实话，人们不是恰恰需要我们的。别的人也能做这些事，即便说不上做得更好，至少也能做得同样好。我们刚才听到求援声，不如说就是他向整个人类发出来的。但是，在这个地点，在眼下这个时间，人类就是咱们俩，不管我们乐意还是不乐意。赶紧利用它，趁着现在时间还不晚。既然不幸的命运把我们扫荡进了这无耻的败类当中，那就让我们好好地代表一次他们吧。你以为怎么样？（爱斯特拉贡什么都没说）确实，当我们交叉着胳膊衡量利弊得失时，我们同样无愧于我们的生存条件。老虎会不假思索地飞奔去援助它的同类。要不然，它就会逃进丛林的最深处。但是，问题并不在这里。我们在这里做什么，这才是我们必须问我们自己的问题。我们很荣幸，我们知道它的答案，是的，在这一场巨大的混乱中，只有一件事是清楚的：我们等待着戈多的来临——

爱斯特拉贡 没错。

弗拉第米尔 或者夜幕降临。（略顿）我们如约而至，就这些，再没有别的。我们不是圣人，但我们如约而至。有多少人能够说出这样的话呢？

爱斯特拉贡 成群成群的人。

弗拉第米尔 你以为吗？

爱斯特拉贡 我不知道。

弗拉第米尔 这很可能。

波卓 救命啊！

弗拉第米尔 可以肯定的是，在这些条件下，时间会过得很慢，要求我们想一些花招来消磨它，而那些勾当，怎么说呢，乍看之下会显得很有道理，但到头了我们已经习以为常。你会对我说，那是为了阻止我们的理性免于泯灭。这是一件显而易见的事情。但是，它难道不是已经游荡在这深似地狱一般的没完没了的长夜里了吗，这就是我时不时在问自己的问题。你能不能听明白我的推理？

爱斯特拉贡 我们生下来都是疯子。有些人还一直都是疯子。

波卓 救命啊！我会给你们钱的！

爱斯特拉贡 给多少？

波卓 一百法郎。

爱斯特拉贡 不够。

弗拉第米尔 我可怎么都不会想到这些。

爱斯特拉贡 你觉得这就够了吗?

弗拉第米尔 不,我是说,我不承认我生下来的时候头脑有问题。但是,问题并不在这里。

波卓 两百。

弗拉第米尔 我们等待。我们厌烦。(他举起手)不,不要反驳,我们实在厌烦得要命,这是毋庸争辩的。好的。一个消遣的机会出现了,我们怎么办?我们把它给浪费了。来吧,我们干活啦。(他朝波卓走去,又停步)过一会儿,一切都将消逝,我们又将孤孤单单,在一片空虚之中。

他沉思冥想。

波卓 两百。

弗拉第米尔 我来啦。

他试图把波卓搀起来,没成功,又努力地尝试,在行李中间踉跄着,倒下,试图站起来,却做不到。

爱斯特拉贡 你们这都是怎么啦?

弗拉第米尔 救命啊!

爱斯特拉贡　　我走啦。

弗拉第米尔　　不要丢下我！他们会把我杀死的！

　　波卓　　我在哪里呢？

弗拉第米尔　　戈戈！

　　波卓　　救救我！

弗拉第米尔　　帮我一下！

爱斯特拉贡　　我走啦。

弗拉第米尔　　先来帮我一下。然后，我们一块儿走。

爱斯特拉贡　　你答应啦？

弗拉第米尔　　我发誓！

爱斯特拉贡　　我们永远也不回来了。

弗拉第米尔　　永远不！

爱斯特拉贡　　我们将去阿列日[①]。

弗拉第米尔　　你想去哪儿就去哪儿。

　　波卓　　三百！四百！

爱斯特拉贡　　我一直想到阿列日去漫游。

弗拉第米尔　　你将到那里去漫游。

爱斯特拉贡　　谁放的屁？

[①] 阿列日是法国的一个省。

弗拉第米尔　波卓放的。

波卓　是我放的!是我放的!怜悯怜悯我吧!

爱斯特拉贡　真他妈的臭。

弗拉第米尔　快点!快点!伸出你的手来!

爱斯特拉贡　我走啦。(略顿。更大声地)我走啦。

弗拉第米尔　不管怎么说,我最终都可以自己站起来。(他试图站起来,倒下)早晚要站起来的。

爱斯特拉贡　你怎么了?

弗拉第米尔　滚你的蛋。

爱斯特拉贡　你要在这里待着吗?

弗拉第米尔　待一会儿。

爱斯特拉贡　起来吧,要不然,你会着凉的。

弗拉第米尔　别管我。

爱斯特拉贡　你瞧,迪迪,你别这么固执。(他伸手给弗拉第米尔,后者急忙抓住)快点,起来!

弗拉第米尔　拉呀!

爱斯特拉贡拉,踉跄,倒下。长久的沉默。

波卓　救救我!

弗拉第米尔　我们在这儿呢。

波卓　你们是谁?

弗拉第米尔	我们是人。

　　　　　　　沉默。

爱斯特拉贡	躺在地上,这感觉还真不错!
弗拉第米尔	你能站起来吗?
爱斯特拉贡	我不知道。
弗拉第米尔	试一下。
爱斯特拉贡	过一会儿,过一会儿。

　　　　　　　沉默。

波卓	发生什么事啦?
弗拉第米尔	(使劲地)你能不能闭上你的嘴,真是的!简直是一场瘟疫!他只想着自己。
爱斯特拉贡	假如我们在这里睡上一觉呢?
弗拉第米尔	你听到他的话了吗?他想知道这里出了什么事!
爱斯特拉贡	别管他。睡觉吧。

　　　　　　　沉默。

波卓	怜悯!怜悯!
爱斯特拉贡	(一惊)什么?出了什么事?
弗拉第米尔	我刚才睡着了吗?
爱斯特拉贡	我想是的。
弗拉第米尔	又是那个见鬼的波卓在哼哼了!

爱斯特拉贡　叫他闭上他的臭嘴！揍扁他的脏脸！

弗拉第米尔　（揍波卓）你有完没完？还不闭上你的嘴？蛆虫！（波卓挣扎，大声地喊疼，爬着离开他。他不时地停下来，盲目地在空中乱挥着胳膊，叫唤着幸运儿。弗拉第米尔一个胳膊肘撑着地，目随着他）他逃走了！（波卓倒在地上。沉默）他倒下了！

沉默。

爱斯特拉贡　我们现在做什么呢？

弗拉第米尔　也许我可以爬到他跟前去。

爱斯特拉贡　别离开我！

弗拉第米尔　要不然，我就叫他吧？

爱斯特拉贡　对了，叫他吧。

弗拉第米尔　波卓！（略顿）波卓！（略顿）他不再答应了。

爱斯特拉贡　我们一块儿喊。

弗拉第米尔，爱斯特拉贡　波卓！波卓！

弗拉第米尔　他动了一下。

爱斯特拉贡　你能肯定他就叫波卓？

弗拉第米尔　（焦虑地）波卓先生！你回来！我们不会再碰你了！

沉默。

爱斯特拉贡 我们或许可以用别的名字喊来试试?

弗拉第米尔 我怕他会受到深深的触动。

爱斯特拉贡 那一定会很有趣。

弗拉第米尔 什么会很有趣?

爱斯特拉贡 用别的名字喊来试试,一个接一个地试试。这可以消磨时间。到最后说不定会蒙上一个对的。

弗拉第米尔 我跟你说过,他叫波卓。

爱斯特拉贡 这个,我们马上就能知道。瞧瞧。(他思索)亚伯!亚伯!

波卓 救救我!

爱斯特拉贡 你看!

弗拉第米尔 我开始对这玩意儿都有些厌烦了。

爱斯特拉贡 兴许另一个叫该隐。(他喊)该隐!该隐!

波卓 救救我!

爱斯特拉贡 这是整个人类[1]。(沉默)你瞧瞧这一小片云彩。

---

[1] 亚伯和该隐是《圣经》中亚当和夏娃的两个儿子,是全体人类的祖先。所以这里说是整个人类。

弗拉第米尔　（抬头看）哪里呢?

爱斯特拉贡　那儿，在天顶。

弗拉第米尔　这又怎么了?（略顿）它到底有什么不同寻常的呢?

沉默。

爱斯特拉贡　咱们现在还是换个别的什么话题聊聊，好吗?

弗拉第米尔　我也正想换个话题呢。

爱斯特拉贡　可是聊什么呢?

弗拉第米尔　啊，有啦!

沉默。

爱斯特拉贡　咱们先站起来再说，怎么样?

弗拉第米尔　咱们来试试。

他们站了起来。

爱斯特拉贡　没有比这更困难的了。

弗拉第米尔　只要想做，就一切都能。

爱斯特拉贡　而现在呢?

波卓　救命啊!

爱斯特拉贡　咱们走吧。

弗拉第米尔　我们不能。

爱斯特拉贡　为什么?

弗拉第米尔　我们要等待戈多。

爱斯特拉贡　没错。(略顿) 做什么好呢?

波卓　救命啊!

弗拉第米尔　咱们去救他一下怎么样?

爱斯特拉贡　那应该怎么做呢?

弗拉第米尔　他想站起来。

爱斯特拉贡　然后呢?

弗拉第米尔　他想让人帮助他站起来。

爱斯特拉贡　那好,我们就去帮他吧。咱们还等什么呢?

他们帮助波卓站起来,接着他们松开他,他又倒下了。

弗拉第米尔　我们得扶住他。(同样的动作。波卓在两个人的搀扶下站起来,用胳膊分别搂住他们的脖子,身子吊着) 必须让他重新习惯站立的姿势。(对波卓) 这下好点儿了吗?

波卓　你们是谁?

弗拉第米尔　您都不认识我们啦?

波卓　我是瞎子。

沉默。

爱斯特拉贡　兴许他能看得清未来?

弗拉第米尔 （对波卓）从什么时候开始的？

波卓 我以前的视力非常好——但是，你们是不是朋友？

爱斯特拉贡 （哈哈大笑）他想知道我们是不是朋友！

弗拉第米尔 不，他问的是，我们是不是他的朋友。

爱斯特拉贡 这个啊？

弗拉第米尔 其证明就是，我们帮助了他。

爱斯特拉贡 原来如此！那么，假如我们不是他的朋友的话，我们还会不会帮助他？

弗拉第米尔 兴许。

爱斯特拉贡 显然。

弗拉第米尔 我们还是别在这个话题上瞎扯了。

波卓 你们不是强盗吧？

爱斯特拉贡 强盗！难道我们的样子像强盗吗？

弗拉第米尔 你瞧，他这不是盲人吗？

爱斯特拉贡 真见鬼！还真没错。（略顿）他说过了。

波卓 别离开我。

弗拉第米尔 这不成为问题。

爱斯特拉贡 至少在眼前。

波卓 现在几点了？

爱斯特拉贡 （看了看天色）瞧瞧……

弗拉第米尔 七点……八点……

爱斯特拉贡 这要看现在是什么季节。

波卓 是在晚上吗？

沉默。弗拉第米尔和爱斯特拉贡望着夕阳。

爱斯特拉贡 看上去太阳是在上升。

弗拉第米尔 这不可能。

爱斯特拉贡 也许这是朝阳呢？

弗拉第米尔 别说傻话了。那儿是西边。

爱斯特拉贡 你是怎么知道的？

波卓 （焦虑地）我们是在晚上吗？

弗拉第米尔 再说，它也没有动啊。

爱斯特拉贡 我对你说，它是在上升。

波卓 你们为什么不回答？

爱斯特拉贡 那是因为我们不愿意说您的坏话。

弗拉第米尔 （使人放心地）先生，我们是在晚上，我们是在晚上到的。我朋友试图让我怀疑我们是在晚上，而我应该承认，在一瞬间里，我确实动摇了一下。但是，这长长的一个白天，我可决不是白白度过的，我可以向您保证，这一天几乎已经到了它的末尾了。(略顿)除了这个,您的感觉如何?

爱斯特拉贡 我们这样扶着他,还得要多长时间啊?(他们把手松开一半,看到他要倒下的样子,又赶紧伸手把他扶住)我们可不是什么女像柱。

弗拉第米尔 您说过,您以前曾有过非常好的视力,这话我没有听错吗?

波卓 是的,我的视力确实非常好。

沉默。

爱斯特拉贡 (有些来气地)说下去!说下去!

弗拉第米尔 你别打扰他。你没看见,他正在回忆他当年的幸福时光。(略顿)Memoria praeteritorum bonorum[①]——这想必十分残酷。

波卓 是的,美好极了。

弗拉第米尔 而这个,是一下子降临到您头上的吗?

波卓 美好极了。

弗拉第米尔 我在问您,那是不是一下子降临到您头上的。

波卓 有那么一天,当我醒来时,我就像命运之神那

---

① 拉丁文,意思为"回忆过去的美好时光"。

样瞎了眼。（略顿）我有时候还在问自己，我是不是还一直在睡梦之中。

弗拉第米尔 那是什么时候？

波卓 我不知道。

弗拉第米尔 但不会比昨天更晚……

波卓 别来盘问我。瞎子是没有时间概念的。（略顿）跟时间有关的一切，他们也都一概不知道。

弗拉第米尔 瞧瞧，我本来还可能发誓，说事情正好相反。

爱斯特拉贡 我走啦。

波卓 我们在哪里？

弗拉第米尔 我不知道。

波卓 该不是就在人们所谓的拉普朗什[①]上吗？

弗拉第米尔 我不认识那地方。

波卓 那么它像什么东西呢？

弗拉第米尔 （环顾四周）我无法描绘。它跟什么都不像。它那里什么都没有。只有一棵树。

波卓 那么，那就不是拉普朗什。

弗拉第米尔 （身子往下沉）你来说一些消遣的话。

---

① 拉普朗什（La Planche），有"舞台"的意思。

波卓　　　我的仆人在哪里?

弗拉第米尔　他在那儿。

波卓　　　当我叫他的时候,他为什么不回答?

弗拉第米尔　我不知道。他好像是睡着了。他也许死了。

波卓　　　到底发生了什么事?

爱斯特拉贡　到底!

弗拉第米尔　你们俩都摔倒了。

波卓　　　快去看看他受伤了没有。

弗拉第米尔　可是我们无法离开您。

波卓　　　你们不需要两个人全都去。

弗拉第米尔　(对爱斯特拉贡)你去看一下。

波卓　　　对了,让您的朋友去看一下。他身上的味儿可真难闻啊。(略顿)他在等什么呢?

弗拉第米尔　(对爱斯特拉贡)你在等什么呢?

爱斯特拉贡　我在等待戈多。

弗拉第米尔　他到底应该做些什么呢?

波卓　　　这个嘛,他应该首先拉一拉绳子,当然要注意,不要过猛,把他勒死了。通常,这样一来,他就会做出反应。要是还没有反应,那就得踢他几脚了,最好是往他的小肚子,往他的脸踢。

弗拉第米尔 （对爱斯特拉贡）你看，你真没有什么好害怕的。这甚至还是个报仇的好机会。

爱斯特拉贡 要是他反抗呢？

波卓 不，不，他是决不会反抗的。

弗拉第米尔 万一他反抗，我立马就过来帮你。

爱斯特拉贡 那你要始终看着我啊！

他走向幸运儿。

弗拉第米尔 先看一下他是不是还活着。要是他死了的话，就没有必要白费什么力气啦。

爱斯特拉贡 （朝幸运儿俯下身来）他在喘气呢！

弗拉第米尔 那就赶紧吧。

爱斯特拉贡突然暴怒起来，一边使劲地朝幸运儿猛踢，一边尖声叫喊。但是，他反把自己的脚给踢疼了，于是一边呻吟着，一边蹒跚着离开了。幸运儿苏醒过来。

爱斯特拉贡 （一条腿停住）哦，这该死的畜生！

爱斯特拉贡坐下，试图把鞋脱下来。但是他很快就放弃了，他蜷缩起身子，把脑袋埋在双腿之间，胳膊抱住脑袋。

波卓 又发生了什么事？

弗拉第米尔　我朋友把自己弄疼了。

波卓　那幸运儿呢?

弗拉第米尔　这么说,真的就是他?

波卓　怎么?

弗拉第米尔　真的就是幸运儿吗?

波卓　我不明白。

弗拉第米尔　而您,您就是波卓?

波卓　当然了,我就是波卓。

弗拉第米尔　跟昨天一样?

波卓　什么跟昨天一样?

弗拉第米尔　我们昨天见过面的。(沉默)您都不记得了?

波卓　我不记得我昨天遇见过什么人。但是明天我将不记得我今天遇见过什么人。别指望我能给您什么信息。再说,这个话题我也已经受够了。起来。

弗拉第米尔　您要把他带到救世主市场好把他给卖了。您对我们说过。他会跳舞。他会思考。您的眼睛也能看得见。

波卓　您爱怎么说就怎么说。请放开我。(弗拉第米尔闪开)起来!

弗拉第米尔 他站起来了。

幸运儿站了起来,捡起行李。

波卓 他干得好。

弗拉第米尔 您从这里走后,要去哪里?

波卓 这个我不管。

弗拉第米尔 您真的变了很多!

幸运儿拎着行李,站到了波卓的面前。

波卓 鞭子!(幸运儿放下行李,找来鞭子,把它交给波卓,又拿起行李)绳子!

幸运儿放下行李,把绳子的一头交到波卓的手里,又拿起行李。

弗拉第米尔 行李箱中有什么东西?

波卓 沙土。(他拉了拉绳子)向前!

幸运儿起步,波卓跟着他走。

弗拉第米尔 先别忙着走!

波卓 (停步)我要出发啦。

弗拉第米尔 当你们摔倒后又没有人来救援时,你们怎么办呢?

波卓 我们就等着能自己站起来为止。然后,我们再出发。

弗拉第米尔	在出发之前,对他说,让他唱歌。
波卓	对谁?
弗拉第米尔	对幸运儿。
波卓	让他唱歌?
弗拉第米尔	是的。或者跳舞。或者朗诵。
波卓	但他是个哑巴。
弗拉第米尔	哑巴!
波卓	彻头彻尾的哑巴。他连呻吟都不会。
弗拉第米尔	哑巴!从什么时候开始哑巴的?
波卓	(突然愤怒起来)你们怎么老用那些见鬼的时间故事没完没了地毒害我?真是卑鄙!什么时候!什么时候!有一天,这对你来说还不够吗?跟别的日子一样的有一天,他变成了哑巴,有一天,我变成了瞎子,有一天,我们还将变成聋子,有一天,我们诞生了,有一天,我们还将死去,同样的一天,同样的一刻,这对你来说还不够吗?(更平和一些)她们跨在一个坟墓上催生出新的生命。光明闪亮了一瞬间,然后,又是黑夜降临。(他拉拉绳子)向前!

他们下场。弗拉第米尔跟随他们一直到舞台边

上，然后目送他们离开。一记坠落的声响，弗拉第米尔也模仿了一下这声响，这意味着他们又摔倒在地上。沉默。弗拉第米尔走向正熟睡的爱斯特拉贡，打量了他一会儿，然后把他叫醒。

爱斯特拉贡 （狂暴的动作，含混的话语。最后终于清醒了）你为什么总是不让我睡觉？

弗拉第米尔 我感觉很孤单。

爱斯特拉贡 我梦见我很幸福。

弗拉第米尔 这就消磨了时光。

爱斯特拉贡 我梦见……

弗拉第米尔 闭嘴！（沉默）我在想他是不是真的成了瞎子。

爱斯特拉贡 谁？

弗拉第米尔 一个真正的瞎子会不会说，他没有时间的概念？

爱斯特拉贡 谁？

弗拉第米尔 波卓。

爱斯特拉贡 他是瞎子吗？

弗拉第米尔 他对我们说是。

爱斯特拉贡 这又能怎么呢？

弗拉第米尔 我似乎觉得,他看得见我们。

爱斯特拉贡 你是梦见的吧。(略顿)我们走吧。我们走不了。没错。(略顿)你敢肯定那不是他吗?

弗拉第米尔 谁?

爱斯特拉贡 戈多?

弗拉第米尔 你说谁?

爱斯特拉贡 波卓。

弗拉第米尔 哦不!哦不!(略顿)哦不。

爱斯特拉贡 我恐怕还得站起来。(艰难地站起来)哎哟!

弗拉第米尔 我不知道该怎么想才好了。

爱斯特拉贡 我的脚!(他又坐下,试图脱下鞋子)帮帮我!

弗拉第米尔 在其他人受苦的时候,难道我睡着了?难道我现在还睡着吗?明天,当我以为醒来时,我对这一天会说些什么呢?说我跟我的朋友爱斯特拉贡一起,在这个地方,等待了戈多,一直等到夜幕降临?说波卓从这里经过,带着他的仆人,说他跟我们说了话?或许吧。但是在这一切中,有什么东西是真的?(爱斯特拉贡费力地对付他的鞋子,但老是脱不下来,这会儿又迷迷糊糊地打起了瞌睡。弗拉第米尔瞧着他)他将什么都不知道。他会说到他挨的踢,我会给他一根胡萝卜吃。(略顿)跨在一个坟墓上,一次艰难的诞生。在洞穴深处,掘墓人做梦一般地舞动着铁锹。人们有的是时间慢慢变老。空气中充满了我们的叫喊。(他听)但是,习惯是一种最厉害的麻药。(他瞧着爱斯特拉贡)我也是,另一个人瞧着我,并对自己说,他睡了,他不知道,就让他睡去吧。(略顿)我无法继续了。(略顿)我都说了什么了?

他焦躁地走来走去,最后停在了左边的侧幕边上,望着远方。头一天来过的那个小男孩从右边上场。他停下脚步。沉默。

小男孩 先生……(弗拉第米尔转过身子)阿尔贝先生……

弗拉第米尔 让我们继续开始。(略顿。对小男孩)你认不出我来了?

小男孩 不,先生。

弗拉第米尔 昨天来的就是你吧?

小男孩 不,先生。

弗拉第米尔 你是第一次来的吗?

小男孩　是，先生。

　　　　　沉默。

弗拉第米尔　你是从戈多先生那里来的吧？

小男孩　是，先生。

弗拉第米尔　他今天晚上不会来了。

小男孩　是，先生。

弗拉第米尔　但是他明天会来的。

小男孩　是，先生。

弗拉第米尔　肯定无疑。

小男孩　是，先生。

　　　　　沉默。

弗拉第米尔　你有没有遇到过什么人？

小男孩　没有，先生。

弗拉第米尔　另外两个（他犹豫）……人。

小男孩　我没见过任何人，先生。

　　　　　沉默。

弗拉第米尔　戈多先生，他是做什么的？（略顿）你听见我的话了吗？

小男孩　是，先生。

弗拉第米尔　那么，你倒是说啊。

小男孩　　他什么都不做,先生。

　　　　　沉默。

弗拉第米尔　你的哥哥还好吧?

小男孩　　他病了,先生。

弗拉第米尔　昨天来的也许就是他吧。

小男孩　　我不知道,先生。

　　　　　沉默。

弗拉第米尔　戈多先生,他是不是有胡子?

小男孩　　是,先生。

弗拉第米尔　金色的还是……(他犹豫)……还是黑色的?

小男孩　　(犹豫)我想它们是白色的,先生。

　　　　　沉默。

弗拉第米尔　仁慈的上帝啊。

　　　　　沉默。

小男孩　　我该怎么去跟戈多先生说呢,先生?

弗拉第米尔　你就对他说——(他停了一下)——你就对他说你看到我了,还有——(他思索)——你看到我了。(略顿。弗拉第米尔上前,小男孩后退,弗拉第米尔停步,小男孩也停步)嗨,我说,你敢肯定你看到我了吗?到明天,你该不会对我说你从来没有见过我吧?

沉默。弗拉第米尔突然朝前跳了一步,小男孩箭一般地闪开了。沉默。太阳落山,月亮升起。弗拉第米尔纹丝不动地站着。爱斯特拉贡醒了过来,脱鞋子,站起来,手里拎着鞋子上前,把它们放在舞台的脚灯前,接着走向弗拉第米尔,瞧着他。

爱斯特拉贡 你怎么啦?

弗拉第米尔 没怎么。

爱斯特拉贡 我嘛,我要走啦。

弗拉第米尔 我也要走啦。

爱斯特拉贡 我睡了很长时间吗?

弗拉第米尔 我不知道。

沉默。

爱斯特拉贡 我们去哪儿呢?

弗拉第米尔 不远。

爱斯特拉贡 不,不,让我们走得离这里远远的!

弗拉第米尔 我们不能够。

爱斯特拉贡 为什么?

弗拉第米尔 明天还得回来。

爱斯特拉贡 回来干吗?

弗拉第米尔 等待戈多。

爱斯特拉贡 没错。(略顿)他没有来吗?

弗拉第米尔 没有。

爱斯特拉贡 而现在,时间太晚了。

弗拉第米尔 是的,天都黑了。

爱斯特拉贡 要是咱们不理会他呢?(略顿)要是咱们不理会他呢?

弗拉第米尔 他会惩罚我们的。(沉默。他瞧着树)一切都死了,只有树活着。

爱斯特拉贡 (瞧着树)这是什么?

弗拉第米尔 这是树。

爱斯特拉贡 不,我问的是,是棵什么树?

弗拉第米尔 我不知道。一棵杨树。

爱斯特拉贡 过来看吧。(他拉着弗拉第米尔走向树。他们纹丝不动地站在树的跟前。沉默)要是我们在这里吊死呢?

弗拉第米尔 用什么吊呢?

爱斯特拉贡 你难道没有一截绳子吗?

弗拉第米尔 没有。

爱斯特拉贡 要是那样的话，我们就不能吊死。

弗拉第米尔 咱们走吧。

爱斯特拉贡 等一下，有一根裤带。

弗拉第米尔 那太短了。

爱斯特拉贡 你可以拉着我的腿嘛。

弗拉第米尔 那谁来拉我的腿呢？

爱斯特拉贡 这倒是真的。

弗拉第米尔 还是拿过来让我看看。（爱斯特拉贡解下系在裤子上的绳子。裤子实在过于肥大，掉落到了他的脚踝上。他们俩瞧着那根绳子）拿它来应急，兴许还可以吧。但是，它结实吗？

爱斯特拉贡 我们马上就能知道。拉住。

他们各自握住绳子的一头，使劲一拉，绳子断了。他们也差点儿摔倒。

弗拉第米尔 它根本就不顶用。

沉默。

爱斯特拉贡 你是说咱们明天还得来吗？

弗拉第米尔 是的。

爱斯特拉贡 那么，我们带一条好绳子过来。

弗拉第米尔 对了。

沉默。

爱斯特拉贡 迪迪。

弗拉第米尔 欸。

爱斯特拉贡 我不能再这样继续下去了。

弗拉第米尔 我是这样说的。

爱斯特拉贡 要是咱们俩分开呢?那样说不定会更好?

弗拉第米尔 咱们明天上吊吧。(略顿)除非戈多会来。

爱斯特拉贡 他要是来了呢?

弗拉第米尔 那咱们就得救啦。

  弗拉第米尔摘下帽子(幸运儿的那顶帽子),往里头瞧了瞧,又在里头摸了摸,又抖了抖,重新戴上帽子。

爱斯特拉贡 欸,咱们还走不走?

弗拉第米尔 把你的裤子提上。

爱斯特拉贡 什么?

弗拉第米尔 把你的裤子提上。

爱斯特拉贡 让我把我的裤子提上?

弗拉第米尔 把你的裤子提上。

爱斯特拉贡 这倒是真的。

  他提上裤子。沉默。

弗拉第米尔 欸,咱们还走不走?

爱斯特拉贡 咱们走吧。

　　　　　　他们站着不动。

　　　　　　落幕

余中先

文学翻译家。中国社会科学院研究生院教授，博士生导师，《世界文学》前主编，中国作家协会会员，翻译工作者协会理事。傅雷翻译奖评委。

长年从事法语文学作品的翻译、评论、研究工作，翻译介绍了奈瓦尔、克洛代尔、阿波利奈尔、贝克特、西蒙、罗伯-格里耶、格拉克、萨冈、昆德拉、费尔南德斯、勒·克莱齐奥、图森、艾什诺兹等人的小说、戏剧、诗歌作品一百余部。并有文集《巴黎四季风》《左岸书香》《是禁果，才诱人》《左岸的巴黎》《余中先译文自选集》等，2002年被法国政府授予法兰西文学艺术骑士勋章。2018年获得鲁迅文学奖的文学翻译奖。

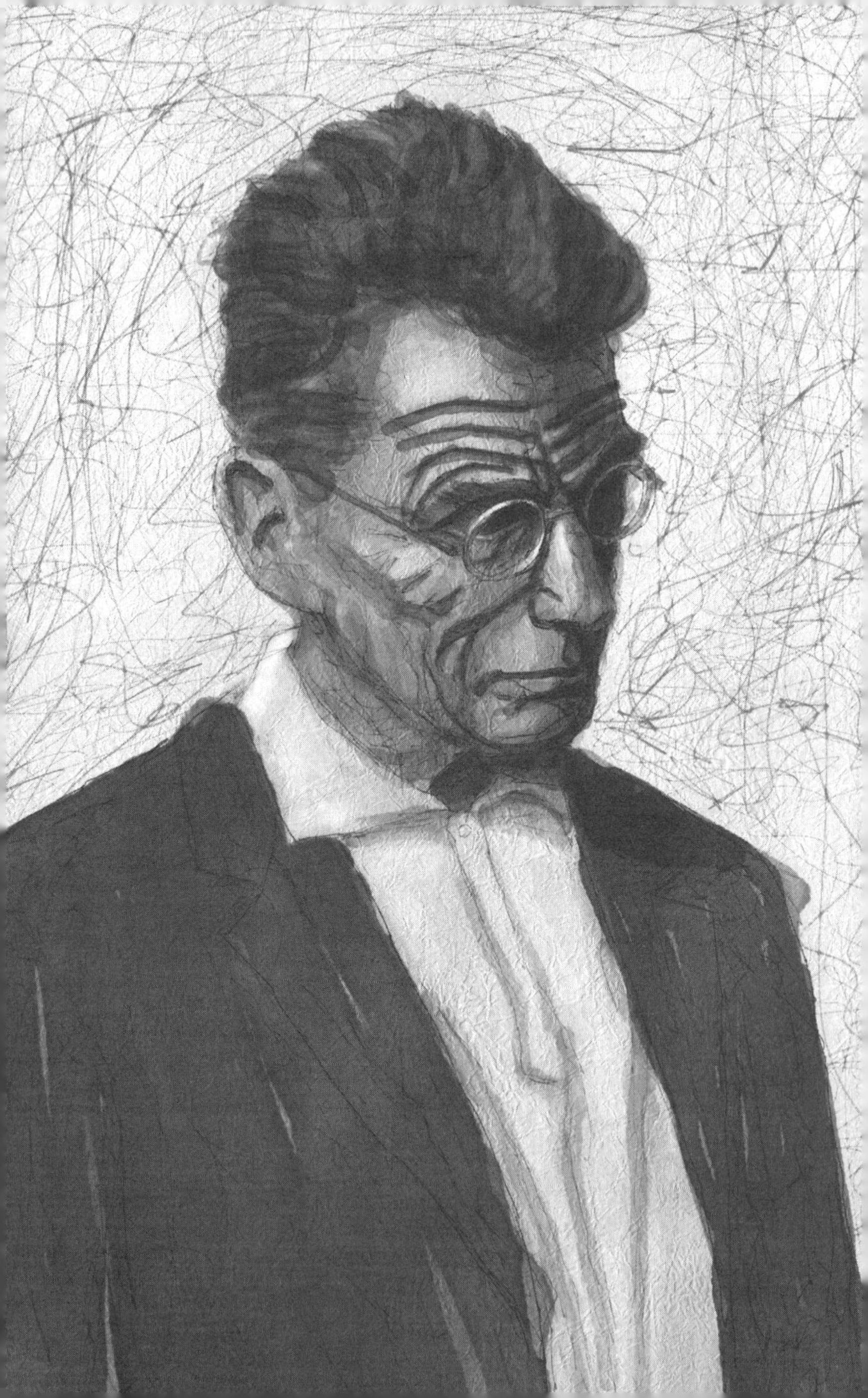

萨缪尔·贝克特 Samuel Beckett
1906.4.13 — 1989.12.22

爱尔兰作家,创作的领域主要有戏剧、小说和诗歌,尤以戏剧成就最高。他是荒诞派戏剧的重要代表人物。

出生于爱尔兰,早年来到巴黎。第二次世界大战后,留在法国从事文艺创作。开始他主要是写小说,后来主要写剧本。1952年他发表的《等待戈多》在1953年上演时获得巨大成功。从此以后,他又创作了许多剧作,主要有《最后的一局》《哑剧》《最后一盘录音带》《快乐的日子》等,这些都属于荒诞派戏剧。

1969年,他因"以一种新的小说与戏剧的形式,以崇高的艺术表现人类的苦恼"而获得诺贝尔文学奖。